KB206572

처음 써보는

역사소설 역사평설 인물평전

글쓰기 수업

처음 써보는
역사소설 · 역사평설 · 인물평전
글쓰기 수업

지은이 박상하
펴낸이 최병식
펴낸날 2024년 9월 23일
펴낸곳 주류성출판사
서울특별시 서초구 강남대로 435
TEL | 02-3481-1024 (대표전화) • FAX | 02-3482-0656
www.juluesung.co.kr | juluesung@daum.net

값 16,000원
잘못된 책은 교환해 드립니다.
ISBN 978-89-6246-542-6 03800

처음 써보는

역사소설
역사평설
인물평전

글쓰기 수업

박상하 지음

새로운 방법이 아닌 새로운 시각으로의 역사 글쓰기

원고 쓰기는 힘겹다. 한 올 한 올 이러저러한 문장을 시간 속에 심어나가듯 꼬박꼬박 채워 넣어, 한 권 분량의 원고를 써나가다 보면 흔히 작가는 세 번의 절망감에 빠진다고 말하곤 한다. 20여 년 전 나 역시 예외일 수 없었다.

습작을 비롯해서 줄곧 단편만을 써오다 아주 우연찮게, 아니 도저히 거역할 수 없는 어떤 운명과도 같이 원고지 2,500장 분량의 역사소설인 「명성황후를 찾아서」를 써내기까지는, 꼭 그렇듯 세 번의 절망감에 빠져들 수밖엔 없었다. 아니 거기다 몇 곱절은 더한 질곡의 수렁에서 홀로 허우적이지 않으면 안 되었던 악몽과도 같은 기억이 지금도 생생하기만 하다.

더욱이 그 원고는 첫 장편이었다. 이렇다 할 아무런 준비도 없이 무모하게 뛰어든 첫 번째 역사소설이었다. 치밀한 구성과 생생한 인물의 묘사는 물론이고, 당대의 사료와 시대를 꿰뚫어 보는 해석이 원고 전반에 빈틈없이 녹아들어야 하는, 그 첫 번째 도전은 가히 끔찍한 작업이 아닐 수 없었다.

집필 기간만 해도 그랬다. 처음에는 일 년 늦어도 한 해하고 반년 정도만 더하면 끝낼 수 있겠거니 지레짐작하고는 패기만만하게 붓질에 들어갔다.

한데 막상 집필에 들어가자 그게 아니었다. 창밖으로 내다보이는 풍경마다 흰 눈이 소복하게 내려 쌓이는 한겨울의 깊은 침묵이 눈앞에서 두 번씩이나 지나가도록, 나는 오직 원고의 수렁에 속절없이 갇혀 있지 않으면 안 되었다. 이만저만 착각한 게 아니었던 셈이다.

어디 그뿐이었으랴. 원고의 중간에 그만 작업을 중단한 채 내팽개쳐버린 적도 몇 번인지 몰랐다. 이따금 불현듯 멈춰 서서 요지부동인 원고는 도저히 앞으로 나아갈 것 같지 않았다. 그때마다 막막한 어둠의 터널 속에 갇혀있는 나를 구원해 줄만 한 어떤 동아줄이 없겠는가고 여기저기 기웃거려 보았음도 말할 것이 없다.

하지만 무모한 함정에 빠져있는 내게 어떤 동아줄이란 그 어디서도 찾아보기 어려웠다. 불행하게도 수많은 글쓰기 책더미 속에서도 찾지를 못했다.

하기는 그럴지도 모를 일이다. 창작을 하는데 또 무슨 방법이 따로 존재할 수 있겠는가. 설령 존재한다손 치더라도 그렇다. 실제로 창작만을 위한 작가가 또 무슨 방법론 따위를 길게 이야기한다는 건 자칫 현명하지 못한 일일 수 있다.

그리하여 하염없이 더디기만 한 붓질을 끝내 혼자서 헤쳐 나갈 수밖에는 없었다. 첫 역사소설이라는 그 낯설고 광활한 미지의 대지 위에서 홀로 미아가 될 적마다 고통으로 몸부림치지 않으면 안 되었다. 새로운 방법이 아니라 당장 새로운 시각을 찾지 않으면 안 되었던 것이다.

그것이 곧 이 『역사 글쓰기』이다. 그때 노트에 메모해둔 몸부림을 20여 년이 지나 다시금 책상 서랍 안에서 꺼내어 그 위에 이후의 경험을 반추해 넣어 엮은 것이다.

그런 만큼 이 『역사 글쓰기』는 역사소설이나 역사평설, 인물평전을 잘 쓰기 위한 어떤 비법서가 될 수 없다. 이미 역사소설이나 역사평설, 인물평전을 쓰고 있는 기성작가들을 위한 것도 아님을 아울러 밝힌다. 그보다는 처음으로 역사소설이나 역사평설, 인물평전을 써보고자 하는 이를 위해 문제마다 실제 경험의 창작문법 노트를 숨김없이 펼쳐나갔다. 시작부터 마지막까지 오로지 그들의 의문과 생각에 초점을 맞추었다. 순전히 그들에게 창작의 길벗이 되어줄 수 있도록 엮은 것임을 미리 천명해둔다.

따라서 이 정도의 길벗만으로 그 낯설고 광활한 미지의 대지와도 같은 역사소설이나 역사평설, 인물평전을 누구나 곧바로 쓸 수 있으리라곤 장담할 수 없다. 또한 쓰는 이에 따라 창작의 문법이 얼마든지 달라질 수 있는 것과 같이, 반드시 이 『역사 글쓰기』대로 따라야만 한다고 고집할 수도 없는 노릇이다.

『역사 글쓰기』는 원래 「역사소설 글쓰기」로부터 움텄다. 처음에는 단지 「역사소설 글쓰기」의 경험 노트만을 엮어내기로 마음먹었다.

한데 편집자가 넌지시 딴말을 꺼냈다. 역사평설이나 인물평전이 모두 역사라는 하나의 모태에서 태어나지 않았느냐 했다. 떼려야 뗄 수 없는 같은 혈육이니, 따로 엮을 것 없이 『역사 글쓰기』 하나로 묶자고 제안한 것이다.

말할 것도 없이 역사소설이나 역사평설, 인물평전은 결이 다르다. 서로 다른 성격을 갖는다. 셋 모두 전혀 다른 세계다. 역사라는 하나의 모태에서 태어난 같은 혈육이라 하더라도 전혀 다른 별개의 장르이다.

망설일 수밖에 없었다. 내가 가진 실제 경험의 창작문법 노트도 단지 역사소설 뿐이었다.

하지만 서로 다른 장르란 망설임보다는 하나의 모태에서 태어난 같은 혈육이라는 편집자의 딴말에 귀가 솔깃했다. 아니 나는 이 세 장르 모두 다 그동안 원고를 줄곧 써오고 있었잖은가.

앞으로 점차 얘기되겠지만, 역사소설로 데뷔하여 역사소설만을 써오던 내가 언제부터인지 인물평전을 쓰고 있었다. 또 다시금 역사평설의 영역에까지 들어선 지 이미 오래였다. 자기 분야를 벗어나 타자의 영역에 들어서는 만용에 대한 대가가 어떠하다는 것쯤은 달구리부터 해넘이까지 역력히 알고 있음에도, 자신도 미처 깨닫지 못하는 사이 자연스레 경계를 넘어서 있는 자신을 문득 발견케 된 것이다.

그렇다. 돌이켜보면 역사소설을 썼기에 인물평전이 가능했던 것 같다. 또 인물평전을 썼기에 역사평설 역시 가능할 수 있었던 게 아닌가 싶다.

물론 여기엔 순서가 따로 있을 수 없다. 반드시 역사소설을 먼저 써야만 그다음 인물평전이나 역사평설을 쓸 수 있는 건 아니다. 「인물평전」에서 시작하여 역사소설이나 역사평설로 넘어서거나, 역사평설부터 시작해서 역사소설이나 인물평전으로의 넘어섬이 얼마든지 가능하다는 점을 밝혀두고 싶다. 틀림없는 건 세 장르 가운데 한 가지를 쓸 수 있었기에 나머지 두 장르 또한 가능할 수 있었단 얘기다.

난이도 역시 다를 것이 없다. 역사소설이나 인물평전, 역사평설 셋 모두가 전혀 다른 세계의 장르이듯 어떤 게 쉽고 보다 접근이 용이했다고 말하기도 어렵다.

요컨대 하나의 봉우리에 올라서면 그다음 봉우리에 올라섬이 자신도 미처 깨닫지 못했을 만큼 너무 자연스러웠다. 역사라는 하나의 모태에서 태어난 같은 혈육임을 새삼 실감케 했다. 비록 생김새나 접근이 조금씩 다를지라도 결국 셋이 하나임을 차마 거역할 수 없었다.

그러니 우선 자신의 뜻에 따라 묵묵히 다져나갈 것을 강조하고 싶다. 맨 처음 세 장르 중 어느 것을 시작하든 종래에는 같은 혈육의 셋 모두를 쓰고 있는 자신을 문득 발견케 될 터이니….

그래서 용기를 내어보기로 했다. 비록 역사소설의 경험 노트밖엔 없었으나, 인물평전이나 역사평설을 처음 썼을 때의 그 기억을 죄다 더듬어 일궈볼 참이다. 내가 홀로 겪고 치렀던, 곧 역사소설에서부터 시작하여 인물평전 그리고 역사평설에 이르기까지를 있는 그대로 반추하여 펼쳐나갈 작정이다.

흔히 산토끼를 사냥하고 돌아온 노련한 사냥꾼들은 자신이 과연 산토끼를 어떻게 잡았는지 잘 설명하지 못한다. 그냥 어떻게 하다 보니까 잡히더라는 식으로 얼버무리고 말기 일쑤다.

그에 반해 산토끼를 놓친 사냥꾼들은 사뭇 다르다. 으레 설명이 길어진다. 예컨대 산토끼는 뒷다리가 길어 언덕을 너무 빨리 뛰어오르기 때문에 도무지 쫓아갈 수가 없었다거나, 산토끼는 귀가 커서 다가서기도 전에 이미 알아차려 도망치더라는 등 설레발이 길어지기 십상이다.

혹여 처음 도전하는 예비 작가들의 길벗이나 되어준다며 엮은 『역사 글쓰기』가 그렇진 않았는지 조심스러울 수밖에 없다. 산토끼를 놓친 그런 사냥꾼은 아닌지 모르겠다.

그렇더라도 이건 분명하게 말할 수 있을 것 같다. 이 『역사 글쓰기』와 같이 실질적인 문제 해결과 숨김없는 고백으로 역사소설이나 역사평설, 인물평전 글쓰기의 속살까지 속속 드러내어 보여준 적도 딴은 아직 없었던 것 같다. 따라서 역사소설이나 역사평설, 인물평전의 작가가 되기를 바라는 이들에겐 아쉬운 대로 이 『역사 글쓰기』가 두루 쓰임새가 많은 길벗이 되어줄 것으로 믿는다.

또 그러다 보면 역사소설이나 역사평설, 인물평전을 써나가는데 자기 나름의 어떤 비판과 혜안 같은 것을 분명 발견케 될 수 있으리라는 것도 아울러 확신케 된다. 적어도 역사소설이나 역사평설, 인물평전을 처음으로 써보고자 하는 이들에게는 그때 그 낯설고 광활한 미지의 대지 위에서 홀로 헤쳐 나가지 않으면 안 되었던 몸부림이 곧 어떤 해답이 될 수도 있지 않을까 조심스레 점쳐본다.

차례

1
제1장

왜 역사 글쓰기인가

문학만큼 우리가 알고 있는 인생의 미결정성을 순수하게 그려내는 것도 또 없다.

– 프랑소아 모리악

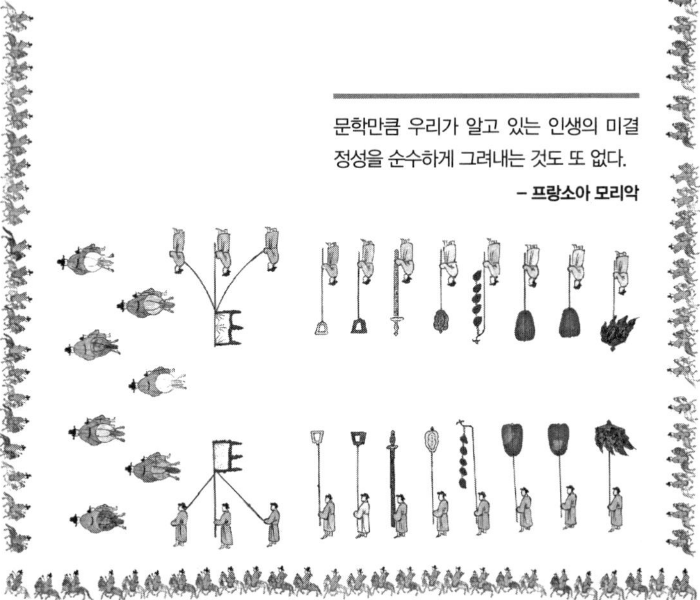

제 1 장

왜 역사 글쓰기인가

역사는 반드시 다시 써진다

『역사 글쓰기』란 무엇인가? 과연 어떻게 정의할 수 있을 것인가? 그러기 위해선 먼저 역사란 무엇인가부터 알아보아야 한다.

시간은 누구에게나 강물처럼 흐른다. 언제 어디서나 어김없이 흘러간다. 결코 되돌릴 수 없다.

또 그런 강물에서는 으레 그 강물에서만이 맡을 수 있는 특유의 냄새가 있다. 치어 때 먼 바다로 나갔던 연어가 자신을 낳아준 강을 용케 찾아 먼 길을 다시금 돌아올 수 있는 것도 오직 그 냄새 때문이다.

이같이 시간의 흐름에 따라 흘러내리는 강물의 냄새(?)가 곧 역사다. 지나간 시간의 강물 냄새를 거꾸로 거슬러 오르는 것을 뜻한다. 지나간 상거를 거슬러 올라가 다시금 강물의 냄새를 되찾아 음미해 보는 것, 말하자면 과거 경험의 반추를 일컫는다.

역사란 이렇듯 과거 경험의 반추이다. 그때 그 시절의 이야기다. 도깨비 뿔도 아닌, 다만 지난 과거의 기록에 지나지 않는다.

더욱이 우리는 지금 오늘을 살아간다. 오늘을 살아 나가기에도 퍽이나 숨 가쁘기만 하다. 그런 우리가 왜 지난 과거의 경험까지 굳이 되돌아보아야 한단 말인가.

왜냐하면 지금의 우리가 그냥 우리가 아니기 때문이다. 이미 지나가고 만 그 같은 모든 역사가 지금의 우리를 낳아주고 길러준 원천이기 때문이다. 그러한 원천을 이해할 때만이 또 내일을 열어나갈 때 지혜의 밑천으로 삼을 수 있어서이다.

고대 그리스인과 페르시아인들은 그때 그 시절에 이미 그런 생각을 했다. 자신들의 행적을 기록해놓음으로써 과거의 기억을 보존해 나간 데 이어, 특히 전쟁에 관한 과거의 기억은 구석구석 빠짐이라곤 없었다. 양쪽의 세력이 왜 서로 전쟁을 벌이게 되었는지, 그 이유를 밝히기 위해 '진실을 묻고 찾아 추적하는 탐구'라는 뜻으로의 역사Historiai를 설명하고 있다.

역사에 관한 이 같은 본질은 동양 역시 다르지 않았다. 공자(기원전 551~479)는 비록 단순한 연대기 형식의 편년체에 불과했으나, 일찍이

「춘추春秋」라는 역사책을 썼다. 역사의 방향과 목표를 지도하는 이념적 절대 규범인 '의義'를 내세워 어지러운 세상을 올바른 상태로 되돌리고자 했다.

하지만 공자의 역사책은 역사의 본질인 변화의 논리가 부재했다. 진정한 역사를 창조한 이는 사마천(기원전 145~85)이었다. 사마천은 공자의 「춘추」를 계승하고 변화의 논리를 도입하여 「사기史記」라는 대륙의 통사를 완성할 수 있었다.

결국 역사란 자신들의 벌거벗은 몸뚱이에 대한 과거의 기억을 오롯이 보존시킨 것이다. 장래의 결단을 위해 오롯이 보존시켜둔 지난 과거에 던지는 질문이었다. 요컨대 지난 과거에 일어난 일의 진실을 후세에 영구한 자산으로 남겨, 우리가 장래를 앞에 두고 어떤 결단을 내리기 위한 근거를 구하고자 할 때 과거의 경험을 되돌아보고 반추하는 것이라고 말할 수 있다.

한데 역사를 말할 때면 으레 따라붙는 문제가 있다. 그 같은 역사를 바라보는 주관성과 객관성이 그것이다.

물론 역사가들은 이 문제에 대해 한목소리를 낸 지 오래다. 그들의 사고방식에는 사료 속에 주관을 개입시켜서는 결코 안 된다는 기본적인 생각이 바탕에 깔려 있다. 자신의 관점을 가급적 제어하되 사료로부터 얻어진 사실로 하여금 스스로 말하게끔 만드는 것이 역사의 최대 덕목이라고 말한다.

그러나 이 같은 한 목소리에 전혀 문제가 없는 건 아니다. 무엇보다 역사의 사료라는 게 우선 그 종류가 너무도 많다. 문자로 쓰인 서술 사료가 있는가 하면, 아무런 말도 들려주지 않는 유물적 사료도 보게 된다. 그밖에도 특정할 수 없는 보조사료 또한 엄청날뿐더러, 그 같은 사료를 빠짐없이 전부 다 갖췄다고 말하기도 어렵다.

더구나 문자로 기록된 것이라 할지라도 그 하나하나를 놓고 보면 대부분 역사의 단편에 지나지 않는다. 또 그 같은 서술 사료 역시 서술 사료를 제작한 이의 주관에 따른 고찰일 경우가 많다. 서술 사료를 작성한 이에 따라 역사적 사실에 대한 취사선택이 이미 이루어졌다는 얘기다.

역사의 주관성이냐, 객관성이냐, 하는 문제가 첨예하게 부딪칠 수밖에 없는 이유가 여기서부터 기인한다. 결코 간단히 끝낼 수 있는 성질이 아님을 짐작할 수 있다.

역사 글쓰기만 해도 그렇다. 말할 것도 없이 역사 글쓰기는 역사의 사실 그대로의 기록이어야 한다. 기록하되 지어 쓰지 않는 술이부작述而不作이어야 마땅하다.

옳은 얘기다. 나 역시 여태 역사 글쓰기를 써오면서 가장 애쓴 대목이 그 부분임을 고백하지 않을 수 없다.

하지만 역사 글쓰기를 한 편 두 편 써올수록, 역사를 깊이 들여다보면 볼수록, 그 같은 역사란 눈을 씻고 보아도 있지 않았다. 아마 앞으로도 없을 것이란 생각이 든다.

하기는 모두가 줄이거나 늘리고, 바꾸거나 붙인 구석이 없다고 어느 누가 단언할 수 있겠는가? 역사 글쓰기를 쓰면 쓸수록 역사란 기록하되 제 생각대로 쓰는, 차라리 술이작述而作이란 생각이 더 강하게 든다.

앞서 역사를 설명하면서 우리가 장래를 앞에 두고 어떤 결단을 내리기 위한 근거를 구하고자 하였을 때 자신을 낳아주고 길러준 강물의 냄새를 되찾아보는 것이라고 했다. 장래의 결단을 위해 과거의 경험에 질문을 던진다고 한 것이다.

다시 말해 역사란 스스로 문제를 느끼고 과거의 경험에 질문을 던질 때만이 비로소 꽃을 피울 수 있다는 얘기다. 역사를 두고 '만들어지는 것'이라고 말하는 까닭도 실은 이 때문이다.

예컨대 우리가 각각의 시대, 각각의 영역에서 어떤 문제에 직면하여 그 문제를 해석하기 위해 과거의 경험에 질문을 던진다고 가정해보자. 그 문제는 원칙적으로 일정치 않고 다른 것일 수밖에 없다. 그런 만큼 과거의 경험에 질문을 던지는 방식도 항상 달라질 수밖에는 없다. 흔히 말하듯 역사는 시대와 함께 '다시 써진다'고 말하는 것도 딴은 이 때문이라고 볼 수 있다.

그렇다면 다시 이런 의문을 품을 수 있다. 역사는 항상 그것을 서술하는 이의 주관적 산물일 뿐, 객관적인 역사란 존재하지 않는단 말인가? 또 역사란 항상 변화하고 유동적이라서 역사의 경험에서 얻을 수 있는 진리란 기껏 일시적인 것일뿐더러 상대적인 것에 지나지 않는단 말인가 하는 의문이 그것이다.

결론부터 말하자면 객관적인 역사란 어디에도 존재하지 않는다. '술이부작'이 아닌 '술이작'일 수밖에 없음을 먼저 밝혀두어야만 하겠다.

그렇더라도 반드시 경계해야 할 게 있다. 객관적인 역사가 존재하지 않는다고 해서 역사가 언제나 문자 그대로 '다시 쓰이는' 것은 결코 아니란 점이다.

문제는 사료로부터 얻어진 사실이라 하더라도 역사를 스스로 만들지는 못한다 것을 기억해주었으면 한다. 역사적 사실이나 사실 상호 간의 관련에 다시금 해석을 더하고 붙임으로써 역사는 비로소 하나로 전체가 완성된다. 그렇듯 다시 써짐으로써 변하는 것은 사실이나, 상호 간의 관련 그 자체가 아니라 그것들이 갖는 의미를 뜻한다. 또 그것들은 우리가 당면하는 새로운 문제나 시대와 더불어 변해가는 우리의 문제의식의 변화와 함께 다시금 변해가기 마련이다.

그렇다 하더라도 일단 하나의 전체로 완성된 객관적인 사실이 그 즉시 잘못이 밝혀지는 경우란 거의 없다. 따라서 역사가 다시 쓰이는 것이라 할지라도 결코 전면적으로 다시 쓰이는 것은 아니다. 항상 그렇듯 하나의 전체로 완성된 이전의 역사를 바탕으로 해서, 그 위에 다시금 새로이 더하고 붙여 써져 나가기 때문이다.

역사란 항상 다시 써진다고 말한 것도 딴은 여기에 있다. 역사 글쓰기 또한 그중 하나이다.

역사 글쓰기의 미래를 말하다

출판계가 깊은 침체에 빠졌다고 아우성이다. 제아무리 책을 정성스레 만들어 서점에 내놓아도 기껏 1백 부 팔기가 어렵다고 한다. 원고가 없어 책을 펴내지 못한다며 작가들을 들들 볶아대던 출판사가, 요즘은 원고가 들어와도 책을 만들 엄두조차 내지 못한다고 볼멘소리다. 도무지 대책이 서지 않는다며 저마다 뒷짐만 지고 있는 모양새다.

엎친 데 덮친다고 디지털 환경조차 출판계를 잔뜩 움츠러들게 하고 있다. (인쇄와 제본 등) 제작 기간이 보름 이상씩 걸리면서 대형 서점에서 책을 미리 확보하기 위해 한꺼번에 수백여 부씩 받아주던 것도 이제는 옛말이 되고 말았다. 디지털 환경으로 제작 기간이 대폭 단축되면서 필요할 때마다 소량의 부수만을 받아주기 때문에, 이제는 예전과 같이 초판 발행 부수를 3천 부, 5천 부씩 찍을 수 없게 되었다. 너나없이 초판 발행 부수가 겨우 1천 부 수준으로 떨어지는 추세다. 아니 고작 5백 부만을 찍겠다고도 한다.

초판 발행 부수를 굳이 강조하는 건 대단히 예민한 문제라서 그렇다. 작가의 생계와도 곧바로 직결되기 때문이다. 초판 발행 부수에 따라 작가의 인세가 정산되는 까닭에서다.

다시 말해 얼마 전까지만 해도 신인 작가라 하더라도 초판을 최소 3천 부 정도는 찍었던데 반해, 지금은 3/1 수준 이하로 떨어지고 말았다는 점이다. 당장 초판의 인세가 그만큼 줄어들 수밖에 없게 되었다는 얘기다.

말할 것도 없이 책이 많이 팔려나간다면야 고민할 게 없다. 작가에게 돌아갈 인세도 덩달아 뛴다는 건 너무도 당연한 이치다. 설령 3천 부에서 1천 부로 줄었다 하더라도 잘 쓰고 잘 만들어서, 또 그래서 많이 팔려나가면 그만이긴 하다.

하지만 앞서 뭐라 했는가. 출판계가 깊은 침체에 빠졌다고 언급하지 않았는가. 도무지 대책이 서지 않는다고 난감해하지 않았던가.

출판의 미래는 『역사 글쓰기』의 미래와도 밀접한 관련이 있다. 출판에 미래가 없다면 『역사 글쓰기』 역시 미래가 밝을 수만은 없다.

한데 작금의 출판계가 깊은 수렁에 빠져있는 건 분명한 사실이다. 심지어 인쇄 매체의 시대가 끝났다는 암울한 미래를 점치는 소리까지 나오고 있는 마당이다. 과연 역사 글쓰기의 미래가 있는가 하고 묻지 않을 수 없는 대목이다.

물론 희망의 빛이 전혀 없는 건 아니다. 책의 디지털화가 그것이다. 전자책e-book이 대안으로 떠올랐다.

그러나 선보인 지 꽤 오래 되었음에도 아직까진 미풍에 그치고 있는 전자책이 생각만큼 앞으로 크게 반등할 것 같지는 않아 보인다. 미국에서도, 일본에서도, 우리나라 또한 다르지 않은 실정이다.

전자책이 흥행에 실패하면서 '사람들이 종이책을 버리지 못한다'는 희망론이 다시금 나오고 있는 것도 주목할 점이다. 실제로 종이책과 전자책을 가지고 비교해 본 결과 종이책을 통한 효과가 훨씬 높은 것으로 나타났다.

무엇보다 종이책과 전자책을 읽을 때의 뇌파를 비교해 보면 차이가 확연해진다. 전자책을 볼 때는 우리의 뇌파가 게임을 할 때와 비슷해지고, 극도로 긴장한 나머지 마치 공부를 하는 것과 마찬가지 상태가 된다고 한다.

미국의 시장 조사업체인 트렌드 모니터의 보고도 의미심장하다. 14년여 동안 전자책 디지털 기기를 보유하고 있는 1천 명을 대상으로 설문조사 한 결과 종이책의 유료 구매 비중이 56.8%, 전자책이 25.7%로 종이책의 구매 비중이 여전히 강세인 것으로 집계되었다.

수백, 수천 년 동안 인간의 뇌에 육화되어 온몸의 기억이 쉽사리 바뀌지 않는다는 전조다. 적어도 종이책의 미래가 어둡지만은 않다는 반증이다.

더구나 이런 문제가 불거질 때마다 나는 이런 얘기를 들려주고는 한다. 우선 시점을 거슬러 올라가 인간의 원시시대로 돌아가 보기로 하자. 그때는 해가 저물어 어두워지기 시작하면 가족이 한데 모여 서로를 의지해야 했다. 가족이 한데 모여 앉은 한복판엔 불을 피워 주위를 환하게 밝혀야만 했다.

그럼에도 어둠 속에선 사나운 맹수들의 울부짖음이 그치지 않았다. 언제 어떻게 어둠을 뚫고서 불쑥 나타날지 몰라 저마다 불안하고 두려웠다.

그래서 가족 가운데 나이 많은 누군가가 이야기(?)를 하기 시작한다. 지난날 자신이 보고 들은 인상 깊었던 장면이다. 가족은 그 이야기에 깊숙이 빠져들어 금방이라도 어둠 속에서 뛰쳐나올 것만 같은 맹수의 위협으로부터 불안과 두려움을 잊을 수 있곤 했다.

『역사 글쓰기』의 미래 또한 이럴 것으로 생각한다. 원시시대를 넘어 수천 년이 흐른 디지털의 시대라는 오늘날에도 다만 맹수가 아닌 또 다른 그 무언가로부터 그때와 다름없이 두렵고 불안할 수밖엔 없는, 그래서 불안전하기만 한 우리 인간들에게 이야기(?)는 여전히 유효할 수밖에 없다는 얘기다. 『역사 글쓰기』의 미래란 단순히 종이책이냐, 전자책이냐 하는 차원을 넘어 그런 원론적인 문제라는 것이다. 셰익스피어 희곡 「윈저의 즐거운 아낙네들」에서 주인공 폴스타프가 베르디의 마지막 오페라에서 "Torniamo all'antico, sara yn progresso(옛날을 돌아보자, 지혜가 있을지니)!"라고 노래하고 있는 것처럼, 우리는 변함없이 옛날을 그리워하고 기릴 수밖엔 없다는 사실이다.

역사 글쓰기의 새로운 소재를 찾아서

잘 다니던 직장을 그만 두고 『역사 글쓰기』-처음엔 역사소설이었다-를 써보겠다고 선언했을 때 아내는 만류했다. 그때 아내가 한 말이 지금도 기억에 새롭다. 역사소설이 될 만한 소재는 이광수, 김동인, 박종화, 유주현, 박연희, 이병주 같은 기성작가들이 이미 모두

다 써버리지 않았겠느냐 했다. 이젠 새로운 이야깃거리가 될 만한 소재가 더는 없을 거란 얘기였다.

과연 아내의 말은 옳은가? 정말 이젠 새로운 이야깃거리가 더는 없을 거라고 생각하는가?

고개를 가로저었으리라 믿는다. 그렇지 않다고 대답했을 것이라고 믿어본다.

그렇다. 그동안 숱한 역사소설이며 역사평설, 인물평전들이 쏟아져 나온 건 사실이다. 세종이나 정조, 퇴계나 율곡, 이순신이나 정약용같이 세간의 주목을 받는 전설적인 인물들에서부터 알지 못한 생소한 인물에 이르기까지 벌써 숱한 작가들이 지속적으로 조명을 해온 터다. 한 인물을 소재로 이미 열 작품, 스무 작품을 헤아리는 경우도 없잖다. '역사는 항상 다시 써진다'고 말한 것처럼 앞으로도 또 다른 시각과 풍경, 새로운 해석과 시대정신으로 부단히 '지인知人'을 묻는 집필은 계속될 것으로 전망되고 있다.

두 가지만 묻고자 한다. 간단히 대답해보길 바란다.

여말 선초, 그러니까 1392년 태조 이성계의 조선 왕국은 과연 어떻게 숭불호법에서 숭유억불로의 연착륙이 가능할 수 있었을까? 한 국가의 통치 이념을 하루아침에 불교에서 유교로 감쪽같이 갈아탈 수 있었겠느냐는 얘기다.

이건 암만해도 이해하기가 쉽지 않을 성싶다. 참으로 이상한 현상이 아닐 수 없다. 단순히 국가의 통치 이념을 넘어 뭇 백성들의 생사

여탈을 주관하는 정신문화에까지 얽히고설켜 있는, 종교라는 이중적 과제를 과연 어떻게 그처럼 군말 없이 감쪽같이 완수할 수 있었는지 도무지 알 길이 없다.

대체 어떤 묘약이 있었기에 이렇다 할 충돌 한 번 찾아볼 수 없었던 건지, 시쳇말로 머리끝에서부터 발끝까지 저마다 불심으로 물든 불제자이길 바랐던 불교를 그토록 한순간에 내칠 수 있었는지 알 수 없다. 마치 온 나라가 한목소리로 약속이라도 하듯, 어느 날 갑자기 일제히 불교를 내친 채 듣도 보도 못한 유교를 새로운 국시로 수용할 수 있었다는 것인지. 다른 것도 아닌 종교를 마치 무 자르듯이 그만 뚝딱 해치울 수 있었단 말인지. 그저 놀랍고 불가사의한 미스터리가 아닐 수 없다.

하기는 여말 불교의 문란 타락이 그 빌미를 제공한 측면이 없지는 않다. 설령 그렇다손 치더라도 그게 어디 가능하기나 한 일이냐는 거다. 그것도 삼국시대 이래 무려 천년이 넘도록 뼛속까지 뿌리내려온 신앙을 그렇듯 하루아침에 내칠 수가 있었겠느냔 의문이다.

종교의 믿음이란 그때나 지금이나 조금도 다를 것이 없다. 간단히 설명되지 않는 어떤 알 수 없는 구석이 있기 마련이다.

무엇보다 종교적 습성이란 단순히 뇌에 의해 기억되거나 상실되는 게 결코 아니다. 저마다 언어와 음식, 의식 속에 깊숙이 육화되어 오래도록 유전되어 내려오기 때문이다.

더욱이 조선왕조를 세운 태조 이성계의 곁에는 늘 불교가 존재했다. 위화도 회군을 하는데 결정적 역할을 한 승장僧將 신조神照랄지, 한성을 새 도읍으로 천도토록 한 무학無學은 불교의 고승들이었지 않은가.

이쯤 되면 얼마든지 다른 얘기나 얼개가 만들어질 법도 하다. 우리 역사의 최대 미스터리 가운데 하나인 여말선초 숭불호법에서 숭유억불로의 연착륙을 배경으로 하는, 또 다른 시각이나 풍경을 전개해볼 만하다는 이야기다.

두 번째 미스터리다. 우리도 익히 알고 있는 이순신 장군의 최후에 관해서다. 지금껏 우리는 정유재란의 마지막 전쟁인 한산도 해전에서, 왜군의 총탄에 맞아 쓰러진 채 "지금 전쟁이 급하니 내 죽음을 적에게 알리지 말라"는 그의 비장한 최후에 오랫동안 고정되어 왔다.

물론 이것은 최후의 전장에서 직접 목격한 육성이 아니다. 한산도 전장에서 한참이나 멀리 떨어져 있는 한성에서 영의정 류성룡이 쓴 「징비록」에서부터 비롯되어 전해져오고 있다.

한데 한 가지 이상한 점이 눈에 띈다. 스토리가 좀 다르긴 해도 칭기즈칸의 최후 또한 이순신 장군의 최후와 쏙 빼어 닮아있다는 점이다. 아니 눈을 돌려 유럽으로 건너가 보면 영국의 넬슨 제독이나, 마케도니아의 젊은 영웅 알렉산더 대왕까지 거슬러 올라가게 된다. 그들의 비장한 최후 역시 이순신 장군의 그것과 매우 흡사하다는 데 놀라지 않을 수 없다.

어떻게 된 일일까? 단지 우연의 일치였을 뿐일까?

우연의 일치라고 보기에는 아무래도 시공의 차가 너무 커 보인다. 차라리 오래전부터 전해져온 전쟁의 매뉴얼manual 가운데 하나가 아닐까는 생각마저 들게 한다. 전장에 뛰어든 최고 장수에 대한 인격적 배려가 이미 오래전부터 있어 오지 않았느냐는 의문을 지우기 어렵다.

그렇다면 다시 이런 의문으로 돌아가게 된다. 이순신 장군의 진짜 최후는 과연 어떤 것이었을까 하는 강한 호기심이 그것이다. 당시의 상황과 현장 속으로 거슬러 올라가 좀 더 깊숙이 톺아보고 싶다는 마음이 내킨다.

물론 『역사 글쓰기』란 단순히 역사의 증언만일 수는 없다. 역사의 증언을 낱낱이 밝혀나가는 작업은 정작 역사소설의 본질이 아닌 역사평설이나 인물평전과 같은 다른 장르일 수가 있다. 아니 어쩌면 그것까지 범주에 포함할 수 있어야 정녕 역사소설이라고 말할 수 있을는지도 모르겠다.

요컨대 어떠한 경계 짓기나 울타리를 쌓더라도, 이미 고정된 사건이나 인물의 배경이라 할지라도, 스스로 갇히지 말고 지평을 열어젖혀야 한다는 요청이다. 그럴 때 비로소 또 다른 시각과 풍경, 새로운 해석과 시대정신을 부단히 열어나갈 수 있다는 사실이다.

비단 특정 사건이나 인물만은 아니다. 새로운 시각으로의 접근도 그중 하나이다. 예컨대 「역사추리소설」 또한 그 좋은 예라고 생각한다.

오래전에 출간된 김상현의 「역사추리소설」 「정약용 살인사건」을 퍽 인상 깊게 읽었던 기억이 있다. 왕조실록과 정약용의 자전적 기록인 〈자찬묘지명〉에 나타난 역사적 사실이 소설의 모티브를 구성한다.

정약용은 정조 사후 신유박해(1801)가 시작되면서 당파싸움의 희생양이 되어 강진으로 유배를 떠난다. 하지만 유배지 강진에서 그를 기다리고 있는 건 섬뜩한 살인사건과 모함에 빠진 맏아들 학연, 그리고 자신을 제거하려는 한성에서의 음모와 이를 구하고자 하는 사람들이 뒤얽히며 강진은 역사의 한복판에 서게 된다.

책장이 술술 넘어가는 흡입력, 죽은 해골처럼 만나는 고리타분한 역사가 아니라 현대적 감각으로 단숨에 시공을 거슬러 올라가 빠져들게 한다. 역사소설적인 실감은 물론 추리소설답게 풍부한 재미가 도처에 숨어 있다.

특히 천도교를 세운 젊은 날의 최제우와 정약용과의 조우 장면은 눈길을 끌기에 모자람이 없었다. 읽는 이로 하여금 역사적 상상의 날개를 펴도록 지평을 활짝 열어 보였다. 인물의 다양함과 역사의 지속성이란 점에서, 또한 역사소설의 지평을 넓혔다는 점에서 인상 깊었다.

이 밖에도 이상우의 「북악에서 부는 바람」, 김종철의 「천년전쟁」, 최정열의 「왕조의 비밀」, 조강타의 「명성황후 살해사건 재수사」, 제성욱의 「총군」과 같은 '역사추리소설'들이 단비처럼 출간되어 나오고 있다. 더욱이 「방각본 살인사건」 「열하 광인」 「조선 마술사」 등을 잇달아 내놓고 있는 김탁환은 벌써 이 부분에 독자적인 영역을 구축한 지 오래다.

어디 역사소설만이랴. 역사평설부문에서도 또 다른 시각과 풍경, 해석이 줄을 잇고 있다. 김용만의 「지도로 보는 한국사」와 트래비스 엘버러의 「지도로 보는 인류의 흑역사」가 그 좋은 예다. 새로이 독자층을 불러 모으면서 심지어 어린이 도서에까지 「지도로 보는~」 시리즈가 붐을 이루고 있다.

인물평전도 여럿 있다. 우선 고미숙의 라이벌 평전 「두 개의 별, 두 개의 지도」가 눈에 들어왔다. 연암燕巖 박지원과 다산茶山 정약용을 비교 분석해나가는 인물평전에 손길이 갔다. 같은 시대를 살았던 연암과 다산을 각기 물과 불로 대조하면서 유쾌한 노마드와 치열한 앙가주망으로 마무리 짓는 또 다른 시각과 해석이 흥미로웠다. 이와 같은 변주는 앞으로도 계속되면서 독자들의 이목을 끌 것으로 예상된다.

'대체 역사소설' 또한 빠질 수 없는 새로운 시각이다. '어떤 역사적 사건의 결말이 실제와 다르다고 가정하고, 이후의 역사를 재구성하여 작품의 배경으로 삼는 기법'의 '대체 역사소설' 또한 분명 새로운 소재를 찾는데 좋은 예가 될 수 있을 법하다.

일찍이 첫선을 보인 복거일의 「비명을 찾아서」가 그 대표적인 작품이랄 수 있는데, 그러니까 이토 히로부미가 안중근 의사의 총탄에 죽지 아니하고, 또한 8.15해방을 맞이하지 못했다면 과연 지금 우리는 어떻게 살고 있을까? 복거일의 '대체 역사소설' 「비명을 찾아서」

는 바로 이 같은 상상을 모티브로 삼는다. 등골이 서늘한 이야기가 아닐 수 없다.

임영대의 「이순신의 나라」 역시 '대체 역사소설'인데, 이순신 장군이 노량해전에서 왜군의 총탄을 맞았지만 죽지 않고 끝내 살아남았다는 것에서 소설이 시작된다. 부상한 몸을 추스르고 있는 상황에서 선조가 이순신 장군을 서울로 압송해 처단할 계획을 세우자, 주변에서 이순신 장군을 따르는 이들이 저지하고 선조가 보낸 군사들을 처단하고 만다. 선조의 입장에서 보면 '반란'이었고, 이순신 장군의 입장에서 보면 '혁명'의 시작인 셈이었다.

복거일의 「비명을 찾아서」나 임영대의 「이순신의 나라」는 출간되자마자 베스트셀러에 올랐다. 하지만 이후 이렇다 할 '대체 역사소설'이 나오지 않고 있어 안타깝기만 하다.

끝으로 『역사 글쓰기』의 새로운 소재를 찾는 데는 시공간의 확장 또한 좋은 예가 될 수 있다. 흔히 『역사 글쓰기』라고 하면 으레 조선 왕조부터 떠올리기 십상이다.

그러나 『역사 글쓰기』의 시대가 어찌 왕조의 역사만으로 한정할 수 있겠는가. 우리가 원하지도 않았으나 봇물 터지듯 쏟아져 들어와, 물질문명이라는 새로운 경이의 신세계를 맨 처음 덥석 안겨준 근대의 역사 또한 어찌 소홀할 수 있을까. 아니 지금 오늘 하루도 이미 역사임을 간과할 수 있단 말인가.

이처럼 『역사 글쓰기』의 소재는 결코 마르지 않는 샘물과도 같다.

퍼 올려도 퍼 올려도 다시금 끊임없이 샘솟는 깊은 우물이 다름 아니다. 새로운 방법으로의 접근만이 아니라 새로운 시각으로 다가선다면, 『역사 글쓰기』의 소재는 어느 특정 사건이나 인물만이 아닌 색다른 장르와 시대를 넘나드는 무궁무진한 작업일 수 있다고 단언할 수 있다.

글쓰기, 그 고난의 질곡 여행

오래전에 선배 작가의 작업실을 찾은 적이 있다. 은발의 선배 작가는 칠순의 나이도 까맣게 잊은 채 수도승처럼 서재를 홀로 지키고 있었다.

서재는 온통 장서로 넘쳐나 넉넉한 공간이라고는 찾아보기 어려웠다. 햇볕이 드는 창가에 오래된 책상이 놓여있고, 책상 한쪽의 필통 속에는 그의 손길을 기다리는 연필들이 가지런히 꽂혀있었다. 저마다 날카롭게 끝을 깎아놓은 연필 숲이 눈길을 끌었다. 오래전부터 노트북의 편리함에 길들어 있던 나로선 낯선 풍경이 아닐 수 없었다.

"으응, 연필로 쓰는 것이 좋아서…."

선배 작가는 말끝을 흐렸다. 별것 아니라는 듯이 자리부터 권했다. 하지만 언제인가 그가 한 말이 문득 떠올랐다. 글을 쓰기 위해 연필의 심을 갈 때 자기 마음의 심도 함께 간다고 하는.

그렇다면 그가 필통에서 연필을 꺼내어 원고지 위로 옮겨가는 순간 그것은 더 이상 연필이 아니다. 빙호를 유영하는 물고기일 수 있고, 허공을 나는 나비일 수 있다. 숲속에 머문 깊은 침묵일 수도 있으며, 쇳소리 요란한 날 선 무기일 수도 있다. 완전히 다른 세계에서 숨쉬는 새로운 존재자가 되는 것이다. 흔히 작가가 되기 위한 입문서에서 한목소리로 요구하는 어떤 남다른 재능, 천부적 소질 따위를 들먹이는 것도 실은 그 때문이리라.

맹자는 한층 더 가혹하다. 글을 쓰고자 할 때면 반드시 마음을 괴롭히고, 몸을 고되게 하며, 입과 삶을 빈궁하게 한다고 손사래 친다. 자기 잘못이 없는데도 길은 곧잘 어긋나고, 꺾어지며, 넘어지는 일이 허다하다고 덧붙인다.

그렇다고 지레 겁부터 먹지 말기를 바란다. 지난하다는 건 또한 절대적인 것이 아니란 뜻이 된다. 분명히 말해두지만, 누군가 정해놓은 규범이나 교훈에 섣불리 두 팔부터 번쩍 들어 올리지 않았으면 한다. 가능성은 오직 꿈꾸는 자만의 세계라는 걸 잊지 말았으면 싶다.

글은 말할 것도 없이 쓰고자 하는 이의 깜냥에 따라 크게 달라진다. 글을 쓰고자 하는 이의 태도, 마음, 집중도에 따라 얼마든지 달라질 수 있다.

예컨대 누구에게는 태산인 것도 또 누군가에게는 동산이 될 수 있다. 어떤 이는 까마득히 높은 태산이라고 바라보는 산을 또 어떤 이는 그저 그런 동산쯤으로 바라볼 수도 있다. 물론 까마득히 높다란 태산을 동산쯤으로 바라보게 한 데에는 전제가 따른다. 그동안 내가 태산만 한 고난과 기꺼이 사귀어왔는지, 앞으로도 또 지속적으로 껴안을 수 있을 때만이 가능한 세계다. 인간으로서의 성숙함, 생각하는 동물로서의 자세, 그 어떤 것도 가로막을 수 없다는 간절함이 깃들어 있을 때 비로소 가능한 현실이다.

말할 나위도 없이 사람을 그처럼 성숙시키는 것은 단련이다. 단련은 오로지 일정한 고난의 경험을 통해서 가능해진다. 도저히 감내하거나 극복할 수 없으리라 생각했던 큰 고난을 경험하고 이겨냈을 때 갖게 되는 남다른 성숙함을 뜻한다.

그러나 글을 쓰는 작가에겐 그것만으로는 부족하다. 거기에 전제가 한 가지 더 붙는다. 비록 내일 종말이 온다 할 지라도 오늘 한 그루의 사과나무를 심겠다는 '순결한 의지'가 그것이다.

안온하고 편리한 것만을 쫓는 이의 얼은 껍데기 얼이다. 겉으로 보기에는 멀쩡한 듯이 보여도 실은 아무런 무게도 없다. 속 알맹이조차 없는 쭉정일 따름이다.

사람을 속 알맹이로 꽉 들어차게 하는 것이란, 아니 기운이 충만한 생명으로 만들어주는 것이란 다른 게 아니다. 안온과 편리를 등지고 나선 지난한 길이다. 굳이 순결한 의지를 요청하는 이유도 여기에 있다.

그럴 때만이 넘어져도 툴툴 털고서 일어날 수 있다. 다시금 내 안의 광야를 찾아가는 고난의 질곡으로 발걸음을 지속할 수 있어서이다. 작가란 그처럼 굽힐 줄 모르는 순결한 에너지가 자기 내면에 충만할 때만이 비로소 가능한 여행자가 될 수 있기 때문이다.

마지막으로 전화를 기다리지 말라고 부탁하고 싶다. 스스로 '고독의 벽'에 갇히자는 얘기를 하고 싶다.

공자는 「논어」에서 '내가 새나 짐승과 더불어 살 수 없으니, 세상 사람들과 더불어 살지 않고 어떤 무엇과 같이 살겠는가?'라고 반문했다. 다산 정약용 또한 '책 한 권 남기지 않고 모두 다 버린 채 깊은 방에 조용히 앉아 늙은 승려의 모습을 닮고자 하였으나, 그놈의 「논어」 때문에 파계하고 책 앞에 앉았다'며 변명을 늘어놓았다.

흔히 불가에선 그 어떤 것에도 사로잡히지 않은 상태를 삼매三昧라고 일컫는다. 자신이 하고자 하는 일에 마음의 방향이 정해져 있을 때를 이른 말이다. 마침내 다른 것일랑 모두 다 잊고서 오직 그 일에만 진력을 다해 깊이 몰입해 있는 상태를 뜻한다.

우리에겐 누구나 이 같은 거룩한 씨앗이 있다. 몰입이다. 자신만의 또 다른 미지의 세계다. 공자나 다산과 같이 자기 마음의 방향이 일정하게 정해질 때, 자신의 영혼이 내적으로 충만해져 있을 때, 비로소 사소함으로부터 자유로워진 또 다른 자신을 만날 수 있게 된다.

그러니 바라건대 자신을 찾는 누군가의 전화를 부디 기다리지 말기를 바란다. 자기 바깥의 반응에 일희일비하지 않기를 부탁한다.

작가로 살아간다는 건 스스로 고독을 견뎌내는 여정이다. 고독해야 몰입할 수 있고, 몰입할 때 비로소 글이 써진다. 따라서 걸려 오지도 않을 바깥의 전화를 공연히 기다리지 않았으면 싶다.

그럼에도 글쓰기란 생각처럼 쉬운 일이 아니다. 요령이나 잔꾀도 통하지 않는다. 익숙함조차 전혀 쓸모가 없다. 쓸 때마다 다시 새롭기만 하다. 쓰고 또 써보아도 길조차 나지 않은 거친 광야다. 끝내 정복을 거부하는 미답의 지평이다. 끝까지 낯설 수밖에 없는 미지의 세계다.

작가는 그 같은 질곡을 매일 홀로 떠나야 한다. 깊은 침묵 속에 스스로 걸어 들어가야 하는 엄중한 수도사 같아야만 한다.

나는 역사 글쓰기 작가가 될 수 있는가

갓난아이의 손을 잡아본 일이 있는가? 아직 눈도 뜨지 않은 갓난아이의 고사리손을 잡아본 적은 있는가?

나는 잡아본 일이 있다. 아내가 아들을 출산한 지 얼마 지나지 않아서였다. 이제 막 세상에 태어난 갓난아이의 고사리손이 너무도 귀여워 검지로 살며시 대어 보았다.

한데 어떻게 알았는지 아직 눈도 뜨지 않은 갓난아이가 지체없이 반응을 나타냈다. 고사리손에 살며시 대자마자 내 검지를 와락 붙잡았다. 검지를 재빨리 붙잡고선 다시는 놓지 않을 것처럼 힘을 주었다.

순간 놀라지 않을 수 없었다. 검지를 붙잡은 갓난아이의 힘이 여간 아니었던 것이다.

그러고 보니 어린 시절의 기억이 난다. 초등학교에 들어가기 직전이었던 것 같은데, 동네 꼬맹이들이 한데 모여 집 마당에서 놀고 있었다.

한데 누가 먼저였는지 자신이 돌보던 갓난아이에게 마당을 가로지른 빨랫줄을 쥐어주었다. 갓난아이는 빨랫줄을 붙잡은 채 허공에 매달렸다. 울지도 않았다. 땅에 떨어지지 않으려고 한사코 바동거렸을 따름이다. 우리는 그게 재미있어 철없이 깔깔거렸던 기억이 아련하기만 하다. 지금 생각해보아도 그저 신기할 따름이다.

도대체 갓난아이는 왜 그같이 재빠른 반응을 나타냈던 것일까? 무언가를 그토록 와락 붙잡았던 것일까? 허공에 매달린 채 위태롭게 바동거리면서도 끝내 땅에 떨어지지 않았던 것일까? 과연 그 놀라운 힘은 어디서 나온 거란 말인가.

그것은 다름 아닌 본능이다. 태어날 때부터 부여받은 생존의 힘이다. 물리나 생물학으로는 도저히 해석되지 않는 신비의 영역이다. 뭔지는 모르나 그 무언가를 하기 위한 천재성인 것이다.

사람은 누구나 이 같은 천재성을 갖고 태어나기 마련이다. 여기선 누구라도 예외가 없다. 또 그럴 때만이 빨랫줄에 매달린 갓난아이처럼 생존이 가능해진다.

우리가 애써 돌아보고 살피지 않아서일 뿐, 사람이라면 누구나 이 같은 가능성을 갖고 세상에 태어난다. 무언가를 할 수 있다는 단순함이 아니라, 그 같은 가능성이 열리는 세계에서만 존재할 수 있는 그 무엇이다.

혹惑은 '혹시나' 하는 마음이다. '행여 만에 하나'라도 하는 어떤 가능성을 생각하고 기대해보는 마음이다.

다시 말해 어떤 가능성에 홀린 마음이라고 볼 수 있다. 그것이 정말로 가능한 것인지 의심하는 마음일 것이다.

따라서 혹은 전일하지 못하다. 인식의 오류가 불러일으킨 한낱 망상일 수 있다. 현실에 실재하지 않는데도 자칫 실재하는 듯 느끼는 어지러워진 마음이다.

그러나 대관절 무엇이 인식의 오류를 낳는단 말인가? 혹을 보고자 하는 마음, 보고 싶다는 의지 없이 과연 혹의 세계를 볼 수 있단 말인가? 혹을 좇지 않는 인생, 혹을 그리지 않는 인생을 정녕 가치 있는 인생이라고 말할 수 있느냐는 거다.

이런 물음에 딱히 어울리는 인물이 있다. 다산 정약용이다. 그는 정조와 손잡고 새로운 세상, 혹의 가능성을 꿈꾸었다. 비록 현실에 존재하지 않는 한낱 망상으로 그치고 말았다 할지라도, 혹을 보고 싶다는 그의 부단한 의지는 어두운 유배지에서조차 꺾일 줄 몰랐다.

사실 강진의 다산초당은 암만해도 책을 집필할 수 있는 환경이나 조건이 되지 못한 적막한 깊은 산중일 따름이다. 그저 절망과 한숨은, 고독과 비탄은, 차마 눈물로도 모자랐을 따름이다.

한데도 혹을 보고자 하는 그의 간절함은 거기서도 굽힘이 없었다.

다행히 60여 리 바깥에 자리한 외갓집을 찾아가도록 이끌었다. 고산孤山 윤선도 등을 배출한 호남의 명문가였던, 해남 윤씨 집안에서 소장하던 수많은 장서들을 수레로 실어다 서재를 만들었다. 18년여의 유배 중에 무려 500여 권冊에 이르는 방대한 양의 책을 써냈다. 마침내 자신의 천재성, 혹의 가능성을 만개할 수 있었다.

흔히 작가가 되기 위한 입문서를 펼쳐보게 되면 한 가지 공통점이 있다. 십중팔구는 거의 첫머리에서부터 작가는 아무나 될 수 없다는 얘기부터 서슴없이 나온다. 글을 쓰고 싶다는 갈망은 자칫 섣부른 인식의 오류가 낳은 한낱 망상일 수 있다고 지레 겁부터 준다. 아울러 작가가 되는데 어떤 특별한 재능(?)을 타고났는지부터 먼저 요구하고 나선다.

그렇지 않다면 착각은 아닌지 자신을 의심해보라고 이른다. 아예 혹의 가능성에 경고 딱지부터 붙여버린다.

이 같은 경고 딱지는 참으로 무책임하다. 인간의 천재성을 외면하고 혹의 가능성을 짓밟는 야만이다.

재능이란 무엇인가? 어떤 가능성의 능력을 지닌 소질을 스스로 타고났다는 뜻이다. 후천적으로 연마하여 습득한 기량보다는 선천적인 부분에 방점이 있다.

그것은 마치 대지의 기운을 받아 그 기운으로 초목이 생장해가듯, 사람의 재능이라는 것도 먼 조상으로부터 기운을 이어받아 타고나는 거라며 못을 쾅 박는다. 아예 출생 때부터 이미 움터 나온 것이란 전제가 강하게 깃들어 있게 마련이다.

한데 사람 가운데 과연 재능 없는 이가 또 누가 있단 말인가. 정말 몇몇 선택받은 이만이 출생하는 순간부터 군계일학이란 말인가. 그 나머지는 단순히 갑남을녀라고 단정할 수 있느냐는 거다.

다시 말하지만, 이것은 인간의 천재성을 외면한 전제다. 혹의 가능성을 짓밟는 무책임한 야만이다. 대지의 기운을 받아 그 기운으로 초목이 생장해 가듯, 사람이라면 누구나 먼 조상으로부터 이어받은 천분天分으로서의 재능이 아예 없다고 단정 지어 말하긴 어렵다.

말할 나위도 없이 재才와 평平은 엄연히 존재한다. 모양새와 쓰임새가 제각기 다른 게 분명하다.

그렇다 하더라도 재와 평의 간극은 그저 오른발에서 왼발의 사이가 고작이다. 옛사람들은 불과 백지장의 한 장 차이일 뿐이라고 그 간극을 더 좁혀놓았다.

한데 단지 스스로 돌아보고 애써 톺아보지 않았을 따름이다. 살아가면서 종종 내가 그때 한 발만 더 내디뎠더라면 하고, 무릎을 친 안타까웠던 순간의 경험이 곧 그것이다.

그렇다. 혹의 가능성에서 우리가 발견할 수 있는 건 사람의 천재성에 깃들어 있는 무언가를 갈망하는 존재이다. 바라고 꿈꾸는 존재인 것이다.

더욱이 이 같은 바람과 꿈은 단지 인식의 오류가 낳은 한낱 망상이라는 무책임한 지평이 아니다. 차마 눈물로도 모자랐던, 그 어두운 유배지에서조차 꽃피운 어기찬 지평이다. 간절함이 깃들어 있는 무한을 뜻함이다.

그렇다면 자신의 한계부터 미리 단정 지어서는 곤란하다. 누군가 정해놓은 한계의 말뚝 앞에 섣불리 두 팔을 들어 올릴 필요란 없다. 누군가 제멋대로 정해놓은 운명 앞에 자신을 옭아매어 제 몸을 묶을 필요도 없다. 자신의 운명은 오직 자신만이 스스로 결정해나갈 수 있음을 기억할 일이다.

물론 사람 가운데 재능 없는 이가 따로 없다지만, 『역사 글쓰기』를 쓰고 싶다는 갈망을 현실화하는 작업은 생각만큼 녹록하지 않고 또한 별개의 문제일 수 있다. 그 어떤 『역사 글쓰기』도 결코 쉽게 쓰인 것이란 없다. 더구나 짧은 기간 안에 엄청난 진전을 이룰 수 있는 어떤 요술 방망이조차 존재하지 않는다.

그렇다고 이쯤에서 순순히 물러날 그대가 아니란 것쯤은 나도 안다. 두고두고 자책할 수밖에 없는 마음을 또 어쩌란 말이냐 하고 물을 줄 이미 알고 있었다.

그렇다면 다른 무엇보다 먼저 자기 자신에게 물어라. 인간으로서의 성숙함, 생각하는 동물로서의 자세, 어떤 것도 가로막을 수 없는 간절함이 자신에게 깃들어 있는가를. 그리고 그 대답을 들을 수 있다면 이 말은 유효하다. 나는 『역사 글쓰기』 작가가 될 수 있다.

거듭 말한다. 혹의 가능성은 꿈꾸는 자만의 세계다. 혹의 가능성을 꿈꾸는 순간 먼 조상으로부터 물려받은 천분으로서의 재능은 이미 움터 오르기 시작한다. 갓난아이가 빨랫줄에 매달려도 떨어지지 않는 간절함이 깃들어 있을 때 비로소 그 같은 천재성을 되찾게 된다.

그런 만큼 어떤 가능성의 능력과 소질을 스스로 타고났는가 보다는 먼저 자기 자신에게 물을 일이다. 차마 눈물로도 모자랐던 그 같은 간절함이 자기 자신에게 있는지부터 우선 물어볼 일이다. 답은 오직 자신에게서만이 들을 수 있기 때문이다. 그것이 역사소설이든, 역사평설이든, 인물평전이든지 간에 다를 것이 하나도 없다.

2

제2장

역사 글쓰기 어떻게 쓸 것인가

미래의 위대한 작가가 되리라 결심했으면서도 정작 단 한 줄도 쓰지 못하는 학생들을 나는 너무나 많이 보아왔다. 만약 당신이 책상 앞에 앉을 때마다 무언가 위대한 작품을 쓰리라 기대하는 사람이라면, 대개 커다란 절망으로 끝나기 쉽다는 걸 명심하라. 이런 기대감이 글 쓰기를 포기하게 만드는 요인이 된다.

– 나탈리 골드버그

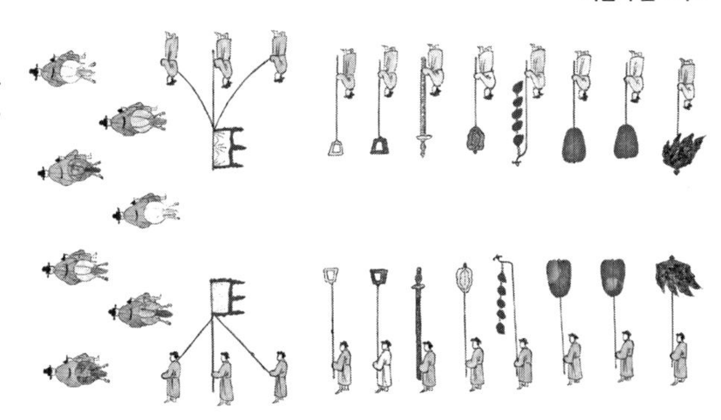

제 2 장

역사 글쓰기 어떻게 쓸 것인가

역사소설이란 무엇인가

누구나 한 번쯤은 흑백사진을 본 일이 있을 줄 안다. 오래되어 빛이 바란 흑백사진 속의 사람들을 본 일이 있을 줄 믿는다.

그렇다면 혹여 흑백사진 속의 그들을 바라보면서 지금과는 너무 동떨어져 있을 거라고 느꼈던 적은 없는가? 지금의 현실과는 아무런 관련조차 없는 그저 그런 다른 세계의 이야기일 거라고 생각해 보진 않았는가? 정말 그때 그 시절에도 사람이 살았을까 하는 의문이 들지는 않았던가? 따라서 흑백사진 속의 그들은 지금의 사람들과는 사뭇 달랐을 거라고 지레 짐작한 적은 없었는가?

나 역시 마찬가지였다. 빛바랜 흑백 사진 속의 사람들을 보면서 지금의 사람들과는 생각도, 방법도, 세상도 크게 달랐을 거라고 믿은 적이 없지 않았었다. 도무지 흑백사진 속의 사람들과는 공감하기가 어려울 수밖에 없었다.

이 같은 생각에서 비로소 벗어날 수 있었던 건 오래전의 일이지만 나이 서른이 되어서였다. 서른이 된 어느 날 아주 우연한 기회에 백제의 마지막 땅을 찾았을 때이다. 좀 더 정확히 말하면, 부여 한복판에 자리한 정림사지 5층 석탑(국보 9호)을 보게 되면서부터였다.

비록 익산 미륵사지 석탑의 절반에도 미치지 못하는 규모라곤 하지만, 그렇대도 석탑의 높이가 8.33m나 되었으니 결코 작다고만 할 수 없었다. 무엇보다 날렵하고 경쾌한 느낌을 주는 경주 불국사의 다보탑이나 석가탑에 익숙해져 있는 내겐 부여의 정림사지 5층 석탑 앞으로 다가서는 순간 어떤 알 수 없는 진중한 무게감에 숨이 막힐 지경이었다.

더구나 한 아름씩이나 되는 굵직굵직한 149매의 조각돌을 단순히 수직으로 세우거나 수평으로 눕혀 허공에 쌓아 올렸을 따름인데도, 석탑 가까이 다가서면 설수록 왠지 위엄 있는 기품에 이끌릴 수밖엔 없었다. 자신도 모르는 사이 천년 세월의 신비 속에 속절없이 빠져들고 만 것이다.

한데 석탑의 탑신을 찬찬히 둘러보다 오른쪽 몸체에서 무언가에 눈길을 빼앗기고 말았다. 그 옛날 신라와 연합하여 백제를 멸망시킨 당나라 장수 소정방이 자신의 전공을 두 줄로 각자한 '大唐平百濟國碑銘대당평백제국비명'이란 글자였다.

의자왕 20년(660)에 사비성이 함락되어 백제가 멸망하고 만 이래, 무려 1,400여 년이 지난 지금까지도 몸뚱이의 상흔처럼 아주 또렷이 음각되어 있었다. 바로 그 음각 글자를 바라본 순간 전설처럼 들었던 백제의 최후가 마치 꿈속처럼 아련히 뇌리를 스쳤다. 그날에 내달렸던 거친 말발굽 소리와 허공에서 번뜩이는 칼부림, 산 자의 통곡과 죽은 자의 침묵이 한순간 눈앞에 아비규환처럼 스러져갔다.

그날 이후 나는 전연 다른 눈길을 갖게 되었다. 오래되어 퇴색한 역사의 유물들도 보다 구체적으로, 보다 선명히 보이기 시작했다. 빛바랜 흑백사진 속의 사람들도 결코 딴 세계의 얘기가 아닌, 지금의 현실과 조금도 다름없이 자신의 시대를 어기차게 살아 나갔던 느낌으로 바라볼 수 있었다. 그들 또한 지금의 사람들과 크게 다를 것이 없는, 그때나 지금이나 여전히 마르지 않는 눈동자로 살았던 이들로 바라볼 수 있게 된 것이다.

역사란 결국 과거의 경험에 질문을 던질 때 비쳐 보이는 지나간 시간의 거울이다. 문제를 스스로 느끼고자 할 때만이 비로소 그 꽃을 피워내는 과거의 숨결이라고 말할 수 있다.

오랜만에 옛 친구들과 한자리에 모여 앉았다. 넉넉한 술과 음식, 모처럼 풍성한 대화까지 더해져 모두가 유쾌한 자리였다. 그러다 누가 먼저였는지 몰라도 역사 속의 어느 특정 사건과 인물을 화제에 올렸다.

그러자 평소에는 미처 보지 못한 풍경이 눈앞에 펼쳐졌다. 화제에 오른 역사 속의 어느 특정 사건과 인물에 대한 자신의 생각들을 거침없이 쏟아냈다. 수준 또한 미주알고주알 깊으면서도 여간 치열한 게 아니었다. 역사가를 뺨칠 정도였다.

더욱이 놀랄 수밖에 없었던 건 역사 속의 어느 특정 사건과 인물을 놓고 자신들의 생각을 피력하는데도 하나같이 모두 제각각이란 점이었다. 역사를 바라보는 친구들의 시각과 해석이 한사코 차이를 드러냈다.

그렇다. 역사가 우리에게 전해주는 것은 대부분 겉으로 드러난 행적일 따름이다. 그 안에 감추어진 진짜 속살은 거의 전하지 않는다. 친구들이 어느 특정 사건과 인물에 대한 시각과 해석의 차이를 한사코 내보였듯, 겉으로 드러난 행적으로부터 그 안의 진실을 꿰뚫어 보기란 결코 간단한 일이 아니다. 역사란 그저 죽어 자빠진 이의 해골이 아니라 상상의 날개를 맘껏 펼 수 있는 뜨거운 피여야 하는 이유가 바로 여기에 있다.

또 그것이야말로 역사 속의 역사소설이 갖는 필수 조건이다. 역사 속의 어느 특정 사건과 인물을 바라보는 서로 다른 시각이자 톺아보기다. 역사소설의 시작점은 거기서부터 강물이 되어 흐른다고 볼 수 있다. 앞서 '역사는 반드시 다시 써진다'고 말한 것도 순전히 그 때문이었던 것이다.

한데 여기서 한 가지 빠져서는 안 되는 것이 있다. 지인知人이다. '인간이란 무엇인가?' 하는 질문이 곧 그것이다.

역사소설이라고 해서 반드시 역사가 우선되어야 하는 건 아니다. 역사소설에서 역사가 전부여서도 정말 곤란하다. 역사소설에서의 핵심 가치는 다름 아닌 지인이어야 한다는 사실이다.

인간이 빠진 역사란 생각할 수 없다. 인간이 빠진 역사소설 또한 존재하지 않는다.

앞서 공자의 「춘추」가 역사의 본질인 변화의 논리가 부재했으며, 사마천의 「사기」가 진정한 역사를 창조했다고 말한 것도 그런 이유다. 역사는 아는 것보다 그 몸뚱이를 느끼는 것이 더 중요하다고 말하는 것도, 당대의 사회 전체보다 한 사람이 더 가치 있다고 말할 수 있는 것도 다 그런 이유에서다.

결국 역사소설이란 당대의 역사 안에서 다시금 인간이란 무엇인가, 하고 마땅히 묻는 것이다. 겉으로 드러난 행적으로부터 그 안의 속살까지도 깊숙이 꿰뚫어 볼 때 비로소 역사소설은 존재할 수 있다. 새로운 방법이 아닌 새로운 시각으로의 역사 글쓰기라고 말했던 것도 딴은 이 때문이다.

역사소설과 역사평설의 차이

역사소설의 사전적 의미는, '과거의 역사를 통해 역사의 연속성에 대한 의식을 고양함으로써 당대 현실에 대한 독자들의 객관적 인식을 고취하는 문학의 한 갈래'라고 한다. 이에 반해 역사평설의 사전적 의미는, '사회 발전과 관련된 유의미한 지난 과거의 사실들에 대한 가치나 의의 따위를 평가하여 설명하는 것'이라고 말한다.

그렇다. 역사소설과 역사평설은 역사라는 같은 모태에서 시작된다. 비록 같은 모태에서 시작된다고는 하나 사전적 의미에서 보듯 역사소설과 역사평설은 그 결을 서로 달리한다.

앞서 얘기한 것처럼 우선역사소설은 곧 지인知人이다. '인간이란 무엇인가?' 하는 질문이 그것이다. 역사소설에서의 핵심 가치는 다름 아닌 지인이어야 한다는 사실이다.

따라서 역사소설은 역사 속의 인물이 그 중심이 된다. 역사 속의 사건보다는 인물이 우선한다. 역사 속의 사건에 대한 인물의 주관적 서술이 될 수밖에 없다.

반면에 역사평설은 역사 속의 사건이 그 중심이 된다. 역사 속의 인물보다는 사건이 우선한다. 역사 속의 인물에 대한 사건의 객관적 서술이 될 수밖에 없다.

다시 말해 역사소설이 역사 속의 인물 중심이라면, 역사평설은 역사 속의 사건 중심이 된다. 역사소설이 역사 속 인물의 주관적 서술이라면, 역사평설은 역사 속 사건의 객관적 서술이라고 할 수 있다.

역사는 인물과 사건에 의해 만들어진다. 인물이 먼저일 때가 있는가 하면, 사건이 인물보다 먼저일 때도 없지 않다. 아니 인물과 사건이 유기적으로 서로 충돌할 때 역사가 된다. 인물과 사건 가운데 한 가지만으론 역사가 될 수 없다.

이 같은 우리 역사 가운데 그 비극성으로 말미암아 그동안 역사소설이나 역사평설 또는 영상으로 숱하게 만들어져 나온 인물과 사건을 꼽자면 뭐니 해도 임오화변(1762)을 들지 않을 수 없다. 조선 후기 아버지 영조(21대)에 의해 아들 사도세자가 뒤주 안에 갇혀 죽임을 당하는 슬픈 역사다.

이 비극적인 역사에서 아들을 죽임으로 내몬 아버지 영조나, 혹은 그런 아버지 영조에 의해 죽임을 당한 사도세자를 중심으로 조명한다면 역사소설이 된다. 이와 달리 부왕 영조에 의해 아들 사도세자가 죽임을 당한 사건 곧 임오화변을 중심으로 조명케 된다면 역사평설이 된다.

실제의 예를 들어보기로 하자. 조선왕조 역사상 가장 장엄한 화성행차를 앞두고 지키고자 하는 세력과 바꾸고자 하는 세력, 노론과 정조 사이에 벌어지는 7일간의 숨 막히는 궁중 암투기를 조명한 필자의 역사소설인 「왕의 노래」의 첫 시작 부분이다.

결국 암문에 다다랐다. 창덕궁의 궁궐 안에서도 가장 깊숙하고 후미진 곳에 궁궐 바깥으로 뚫려있는 작고 은밀한 출입문이었다. 원로 대신인 우의정 채제공이 뒤늦게야 알고서 부리나케 뛰어왔으나 소용이 없었다. 어떻게든 만류해보려 애를 써보았지만 왕의 발걸음을 멈추게 하지는 못했다.

"벌써 날이 저물었소. 우상께선 이제 돌아가 그만 퇴궐토록 하시오."

암문 앞에서 왕은 끝내 눈길을 거두었다.

"전하, 중차대한 행차가 겨우 목전이온데. 어찌 궐 바깥까지 나가시어 굳이 민심을 살피고자 하나이까?"

"그래야만 궐 바깥이 궐 안이 되고, 또 궐 안이 궐 바깥이 되질 않겠소."

"하오나 작금에 들어 워낙 흉흉한 소문이 그치지 않은지라…."

우의정은 불안한 마음을 떨쳐버리지 못했다. 좀처럼 단념하지 못한 채 왕이 그만 돌아서주기를 바랐다.

"우상, 나랏일이 머리털까지 다 병이 들었소. 큰 것만 든다면 온갖 법도가 해이해졌음에도 개선될 가망이 없고, 도처에 흉년이 들어 아우성인데도 구제할 방책이 없소. 조정에서 백성들을 구한다는 소리는 한낱 미망일 뿐. 그저 자신들의 정파에만 골몰해 있으니, 민생은 곤경에 지쳐 있소이다. 그러니 나라의 원기가 점차 손상되어 하루가 다르게 고질병이 깊어져, 이제는 어디 용한 의원이라도 급히 달려와야 할 때요. 내 비록 부덕하오나, 나라가 이 지경에 이르렀는데 어찌 궐 안에만 앉아 있을 수 있겠소?"

우의정의 만류에도 왕은 뜻을 굽히지 않았다. 어떻게든 할 수만 있다면 만백성이 더는 가난하지 않은, 그런 나라를 만들고 싶지 않겠느냐며 암문 안으로 성큼 들어섰다.

아버지 사도세자의 능묘를 참배하러 가는 길인, 수원 화성으로의 행차를 꼭이 이레 앞둔 날 초저녁이었다. 왕은 단지 병조 참지(정3품) 정약용만을 곁에 세운 채 창덕궁의 암문 바깥으로 나섰다. 사람들의 눈에 띄지 않는 소박한 무명 도포 차림으로 감쪽같이 궁을 빠져나갔다. 자신의 눈으로 직접 민심을 살펴보기 위해 홀연히 걸어나선 암행길이었다.

창덕궁 암문의 비좁은 에움길을 빠져나오자, 이내 노란 초가지붕들이 초저녁의 어둠 속에 바다를 이루었다. 골목길을 따라 어깨를 나란히 한 채 꼬약꼬약 웅크리고 앉아 있었다. 왕과 정약용은 마치 어둠 속을 유영해가듯 골목길을 거침새 없이 빠져나와 이윽고 한길로 들어섰다.

물론 이번 암행 길에도 애오라지 두 사람만은 아니었다. 남루한 미복차림이라 여간해서는 알아차릴 수 없었으나, 불과 열 걸음 뒤떨어져 중시(왕명을 전하는 내시) 허고추와 왕의 호위무사인 '조선 제일의 검' 백동수가 뒤따랐다. 또한 어둠 속에 묻혀들어 좀처럼 드러나지 않았지만, 정체불명의 백탑결사 단원들이 멀찍이서 그림자처럼 왕을 은밀히 따라나섰다.

"전하, 어디로 가시겠나이까…?"

이어서 필자의 역사평설 가운데 「반란의 역사」이다. '세상은 원래부터 불공평했다. 높고 낮음, 크고 작음, 있음 없음, 차이와 다름과 같은 불공평한 것으로부터 시작되었다'는 이시애의 반란, 정여립의 반란, 이인좌의 반란, 홍경래의 반란, 전봉준의 반란에 이르는, 5백 년 조선왕조에서 일어났던 대표적인 반란의 역사를 조명한 첫 시작 부분이다.

무릉도원의 이상국가를 꿈꾸는 조선왕조를 건국한 지 꼭이 75년이 되던 해에 일어난 이시애李施愛의 반란은 세상을 온통 발칵 뒤집어 놓았다. 반란을 일으킨 세력이나 반란을 진압하고자 하는 세력 모두 대규모 병력이 동원된 정면충돌이었다. 그야말로 왕조를 놓고 다투는 국가 간 규모의 전쟁을 방불케 하기에 충분했다.

이시애가 이끄는 반란군은 북쪽 변방을 지키는 정예 병력 약 1만 5,000~2만 명에 달했다. 반란군을 진압하기 위한 관군의 병력은 3~4만 명이 동원되었다. 이시애의 반란이 일어나자 조정이 얼마나 놀랐던가를 짐작케 한다. 병력을 있는 대로 쓸어 모아 강력히 대응했음을 알 수 있다.

사실 이시애의 반란은 설명하기 어려운 부분이 적지 않다. 차츰 살펴보겠지만, 반란을 일으킨 이시애의 움직임이 그랬을 뿐더러 반란을 일으킨 목적 또한 분명치 않다. 무엇보다 한참 반란이 전개되고 있는 동안에도 원망의 당사자였던 세조(7대)를 끝장내버리겠다고 주장한 적이 없다. 대체 무엇 때문에 목숨을 내건 위험한 반란을 일으켰을까 하는 의문이 드는 대목이다.

반란 진압에 돌입한 세조와 조정 역시 별반 다르지 않았다. 반란을 진압하기 위해 3~4만 명에 달하는 대규모 병력을 동원시킨 세조와 조정의 결정 또한 의아한 점이 한두 가지가 아니다.

남아있는 기록도 그렇다. 이시애가 반란을 일으킨 원인을 「세조실록」은 이렇게 말한다. '그가 농경지를 많이 차지하여 축적한 재산이 엄청나게 많은데, 국가에서 호패법號牌法을 시행하자 따르는 것이 못마땅해 드디어 반역을 꾀했다.' 다시 말해 국가 재정의 근간이 되는 부역을 부과하고자 호적의 신분증과도 같은 호패법을 실시하자 마땅치 않게 여겨 반란을 일으켰다는 얘기다.

왠지 옹색해 보이지 않은가? 세조 때 호패법의 실시가 못마땅했던 건 비단 이시애만이 아니었다. 당시 함경도 지방의 토호 세력이라면 모두 다 해당되는 사안이었다.

그보다는 당대의 사회상을 두루 살펴보았을 때 아무래도 민심의 동향을 간과할 수 없을 것 같다. 역사란 전후 상거의 맥락을 거시적으로 바라볼 때 숨은 속살이 드러낸다는 속성에 따라 다음 세 가지 민심에 눈길이 간다.

이시애 반란의 첫 시작점은 어린 단종(6대)의 비극적인 죽음으로부터 움터 올랐다는 시각이다. 어린 단종의 죽음은 다시 할아버지인 세종(4대)으로까지 거슬러 오른다….

이처럼 역사소설과 역사평설은 시작의 형식부터 확연히 다르다. 역사라는 같은 모태에서 시작되고 있지만, 이야기를 풀어나가는 서술 방식에서부터 결이 다름을 알 수 있다. 거듭 말하지만, 역사소설이 역사 속의 인물을 중심으로 조명해 나간다라면, 역사평설은 역사 속의 사건을 중심으로 조명해나간다. 따라서 역사소설이 역사 속 인물의 주관적 서술이어야 한다면, 역사평설은 역사 속 사건의 객관적 서술이어야만 한다.

문장의 체제 역시 다름을 알 수 있다. 역사소설인 「왕의 노래」가 역사 속의 인물이 중심이듯 문장 체제 또한 주관적 서술에 따르고 있다. 반면에 역사평설인 「반란의 역사」가 역사 속의 사건이 중심이듯 문장 체제 또한 객관적 서술에 따르고 있음을 볼 수 있다.

그러나 여기서 반드시 숙지하지 않으면 안 될 대목이 있다. 역사평설은 역사 속 사건의 객관적 서술이어야 한다는 점이다. 객관적 서술이되 이미 사전적 의미에서 말하는 '유의미한 지난 과거의 사실들에 대한 가치나 의의 따위를 평가하여 설명하여야 한다'는 점을 간과해선 안 된다. '가치나 의의 따위를 평가하여 설명할 때' 작가의 주관적 해석이 반드시 뒤따라야 한다.

요컨대 역사 속의 사건과 인물에 대해선 어디까지나 객관성을 띠어 서술되어야 하되, 역사 속 사건과 인물에 대한 작가의 주관성이 결코 빠져선 안 된다는 점이다. 역사 속의 사건과 인물에 대한 객관성에서 이탈해서도 안 되지만, 그 사건과 인물에 대해선 다시금 작가의 메시지 곧 주관적 해석이 반드시 뒷받침되어야만 생명력을 지니게 된다는 사실이다.

역사소설과 인물평전의 차이

인물평전은 흡사 역사소설과 비슷한 점이 많다. '사회 발전과 관련된 유의미한 지난 과거의 인물에 대하여 쓰는 이의 논평을 겸한 전기'라는 인물평전의 사전적 의미에서 보듯, 우선 역사 속의 사건보다는 인물을 조명하고 있다는 점에서 겹친다. 역사소설과 마찬가지로 인물평전 또한 역사 속의 사건보다는 인물이 중심을 이룬다. 역사 속의 사건에 대한 인물의 주관적 서술이 될 수밖에 없다.

문장의 체제 역시 다르지 않다. 역사 속의 사건보다는 인물을 조명하고 있다는 점에서 서로 엇비슷하다.

인물평전과 역사소설의 핵심 가치 또한 같을 수밖에 없다. 지인知人 곧 '인간이란 무엇인가?'는 질문 역시 여전히 유효하다.

하지만 그 질문을 구현해나가는 방법론에서 인물평전과 역사소설은 결을 조금 달리한다. 역사소설과 인물평전이 다 같이 역사 속의 인물을 중심으로 하여 역사 속의 사건에 대한 인물의 주관적 서술이기는 하나, 인물의 주관적 서술 면에선 역사소설과 인물평전은 서로 특성을 달리한다.

역사소설의 지인은 역사소설이 주인공으로 삼고 있는 인물의 지인을 통한 보편적 가치를 지향한다. 다시 말해 누구에게나 공감할 수 있는 가치를 지녀야 한다는 점이다.

반면에 인물평전의 지인은 보편적 가치의 지향을 거부한다. 인물평전이 주인공으로 삼고 있는 그 인물 한 사람만의 지인을 강조하는 가치를 좇는다.

따라서 역사소설은 인물의 주관적 서술에서 무엇보다 그 인물의 내면, 감정, 의식, 고백, 선택, 이해, 편견, 후회, 이기 등 인물의 평등한 인격과 존엄성을 가장 중요하게 여기는 인간주의에 방점을 둔다. 그에 반해 인물평전은 그 인물만의 독특한 개인주의, 곧 사회나 집단보다는 그것을 구성하는 개인의 의미와 존재에 더 가치를 부여하는 개인주의에 초점을 맞춘다.

역사소설이 작가의 창조성을 보다 자유분방하게 발휘할 수 있는 장르라고 한다면, 인물평전은 이 점에서 매우 엄격하다. 작가의 창조성보다는 역사의 사실성에 더 충실해야 한다는 점이 차이라고 볼 수 있다.

실제의 예를 들어보기로 하자. '다산 정약용은 젊은 날 과거공부에 뜻을 두었다. 그러나 과거시험에 19번이나 낙방했다. 부채의 먼지처럼 수많은 낙방을 거듭하는 실패 속에서 마침내 인생의 길을 찾았다는, 그의 과거공부의 시크릿을 톺아본다'는 다산의 지난했던 과거시험기를 조명한 필자의 역사소설인 「다산의 열아홉 번」의 첫 시작 부분이다.

"그렇게 시작했지. 결과적으로 보았을 때 산사에서 시작한 공부가 곧 과거시험 공부의 시작이었던 셈이야."

"깊은 산사에서 혼자 공부한다는 게 여간 힘들었을 텐데요. 어린 나이에 부모형제 곁을 떠나서 말이지요."

"왜 아니겠나. 그때 고작 14살의 어린 나이였는데. 오늘같이 둥근 달이라도 환히 뜨는 날이면 고향집이 그리워 견딜 수가 없었지."

부엉, 부엉, 하고 뒷산에서 부엉이라도 우는 밤이면 더욱 그랬다. 그런 날밤이면 어린 다산도 따라 이불 속에서 부엉, 부엉, 하고 입술을 달싹였다. 입술을 달싹이며 그리움의 눈물을 안으로 삼켜야 했던 기억이 아직도 가슴에 선명히 남았다.

첫해 겨울 넘기기가 가장 힘겨웠다. 수종사에서 공부를 시작한지 얼마 되지 않은 첫해 겨울에 가슴 적시는 날이 많았다. 아직 여명도 트지 않은 이른 새벽이면 일어나, 얼음을 깨고 찬물에 세수를 해야 할 적마다 고향집 생각이 나 울컥하고는 했다.

어쩌다 살을 에는 삭풍이 멎고 산중에 하얀 눈이라도 펑펑 내리는 날이면 숨조차 쉬기 어려웠다. 숨을 쉬려할 적마다 그리움이 사무쳤다. 수종사의 동쪽 마당에 서있는 은행나무 고목에 기대어서서 바라보면 산 아래 마재의 집이 발밑으로 아스라이 내려다보여 더욱 그립고 했다.

또 그런 날 밤이면 곤히 잠이 든 산사는 몰랐겠지만 하얀 눈 내리는 소리마저 밤새워 들려왔다. 밤새워 하얀 눈이 수북이 내려 쌓인 아침이면 마치 딴 세상 같았다. 그런 날 아침이면 왜 그리도 햇살은 눈부시게 빛났던 건지. 눈부신 햇살 때문에 또 얼마나 외로웁던지.

하얀 눈이 그리도 많이 내리는 데는 분명 무슨 이유가 있었다. 그런 날이면 도무지 책이 손에 잡히지 않았다. 마재 집이 못내 그리워 남몰래 서러워지고는 했다.

"적이 놀라셨던 모양이야. 요사채 앞을 지나다 공부방에서 아무 기척이 없자 찾아나셨던 게지. 전에 없던 일이라 은행나무 고목 앞까지 찾아오셨지 뭐냐."

"여기에 앉아 있었구나."

스님은 애써 태연한 척했다.

"무슨 생각을 그리도. 아니… 너 울고 있잖느냐?"

왜 그랬는지. 스님을 보자 눈물이 볼 위로 주르르 흘러내렸다. 스님은 손바닥으로 눈물을 닦아주었다. 거친 손바닥이 볼 위를 쓰윽 지나칠 때 어쩔 수 없는 부끄러움에 그만 흐느끼고는 말았다.

"집에… 가고 싶은 게냐?"

어린 다산은 고갤 끄덕였다. 잠시도 주저치 않았다….

다음은 필자의 인물평전 가운데 「율곡평전」이다. '꽁꽁 얼어붙은 보수의 대지 위에 홀로 거역하여 진보의 씨앗을 움틔운 고독한 이단의 초상'이라는, 율곡의 생애를 조명한 「율곡평전」의 첫 시작 부분이다.

한성의 수진방에 살게 되었을 때부터 율곡은 어머니 신사임당으로부터 본격적인 천재교육을 받게 된다. 여느 아이들보다 일찍 「논어」「맹자」「대학」「중용」을 비롯해서 「시경」「서경」「역경」에 이르는 '사서삼경四書三經'을 두루 익혔다. 가부장적 남성 중심의 사회에서 아버지도 아닌 그렇다고 다른 남성 스승도 아닌, 어머니로부터 보다 완전하고 체계적으로 경전을 배워나가기 시작했다.

어떤 한 인물이 태어나 성장하는데 있어 가장 많은 영향을 끼치는 건 어떤 무엇일까? 가족, 교육, 환경, 책, 친구, 여행, 생각, 부유와 가난 등 여러 가지를 거론할 수 있다. 그 중에서도 절대 비중을 차지한다면 아무래도 자신의 어머니가 되지 않을까? 한 인물을 성장시키는데 있어 어머니라는 존재만큼 절대 영향을 미치는 대상도 딴은 또 없다. 한 인간이 태어나 성숙하기까지 어머니에게서 받는 영향력이 그만큼 큰 까닭에서다.

그렇다면 '율곡의 탄생'에 절대적인 영향을 끼쳤던 신사임당은 과연 어떤 어머니였을까? 율곡의 눈에 비친 신사임당의 모습이다.

그는 아버지 이원수에 대해 「율곡문집」에서 이렇게 적는다. '진실하고 정성스러워 꾸밈이 없으며, 너그럽고 검소하여 옛사람다운 기풍이 있었다'고 말할 따름이다. 일찍이 고려왕조에서부터 조선왕조에 이르기까지 대대로 만만찮은 족보를 지닌, 중앙에서도 내놓으라 하는 명문가였음에도 아버지에 대한 평가는 왠지 짤막하니 인색하기만 하다.

반면에 어머니 신사임당에 대해서는 후하고 구체적이다. 어머니야말로 진정한 스승이자 우상이었다고 말하고 있다….

이처럼 역사소설 「다산의 열아홉 번」과 인물평전 「율곡평전」의 실제 예에서 보듯, 역사소설과 인물평전은 다 같이 역사 속의 사건보다는 인물을 중심에 두고 있다. 역사 속의 사건에 대한 인물의 주관적 서술이어야 한다.

핵심의 가치 또한 같다. 지인 곧 '인간이란 무엇인가?' 하는 질문 역시 여전히 유효하다.

다만 역사소설의 지인은 보편적 가치를 지향한다. 반면에 인물평전의 지인은 보편적 가치의 지향을 거부한다. 역사소설이 역사 속의 인물을 통한 인간주의에 방점을 두고 있다면, 인물평전은 역사 속의 인물을 통한 개인주의에 방점이 있다.

역사소설이 작가의 창조성을 보다 자유분방하게 발휘할 수 있는 장르라고 한다면, 인물평전은 작가의 창조성보다 역사의 사실성에 더 충실해야 한다는 차이를 갖는다고 할 수 있다.

끝으로 잊지 말아야 할 사항이 한 가지 더 있다. 지금껏 살펴본 역사소설이다. 역사평설이다, 인물평전이다 하는 서로 다른 장르의 경계가 점차 허물어져 가고 있다는 사실이다.

문법의 차이가 전혀 느껴지지 않는 역사소설과 역사평설과 인물평전들이 최근 들어 선보이고 있다. 내용 전달을 보다 인상적으로 하기 위해서 혹은 작가의 개성에 따라, 서로 다른 전통적인 장르의 문법을 얼마든지 넘나드는 서술 기법이 속속 등장하고 있다는 점이다. 마치 역사소설 같은 역사평설이나 인물평전이 나오고, 인물평전 같은 역사소설이나 역사평설이 곧 작금의 추세이다. 더욱이 진화라 해도 좋고 확장이라 해도 좋을 이 같은 경계 허물기는, 앞으로 더 들불처럼 번져나갈 것으로 예측된다.

나의 역사소설 데뷔기

처음 시작은 대개 자신이 먼저 나서서라기보다는 어떤 누구로부터 등이 떠밀려서이기 마련이다. 그건 이미 거역할 수 없는 운명 같은 것일 수도 있고, 아주 우연히 찾아온 어떤 사소한 계기일 수도 있다.

나는 후자였다. 단편 원고를 쓰는데도 쩔쩔매기만 하던 내가 뜬금없이 장편 원고를 써보겠다고 마음을 굳혔던 건 실로 우연한 체험에서 비롯된 거역할 수 없는 충동에 의해서였다.

그때 어린 아들을 데리고 경복궁으로 봄 나들이를 갔었다. 봄꽃이 한창 움터 오르고 있던 주말의 오후였다.

궁궐을 한참 둘러보고 있는데 갑자기 어린 아들이 소변을 보고 싶다며 보챘다. 그때만 해도 경복궁 안에는 지금처럼 화장실 시설이 충분히 설치되어 있지 않았다. 이유는 알 수 없었다. 결국 인적이 드문 후미진 곳으로 데려가 일(?)을 치르게 할 수밖에는 없었다.

한데 어린 아들이 좋아라고 단박 뛰어 들어갔다. 후미진 숲속에 반갑게도 화장실이 숨어 있었던 것이다.

그러나 후미진 그곳이 하필이면 교과서에서 배운 역사의 현장인 줄 어떻게 알았으랴. 인적이 드물고 후미진 그곳이 곧 경복궁 후원에 사슴이 뛰노는 인공으로 만든 녹산鹿山인 줄 또한 그때 처음으로 알게 되었다. 을미년(1895) 시월 여드레날 밤 일본의 칼잡이들이 명성황후를 무참히 시해한 뒤, 바로 거기서 시신 위에 석유를 끼얹고 불태웠던 바로 그 비극의 현장이었다.

그런 녹산 숲속에 아들이 좋아라고 뛰어 들어간 화장실 시설이 꼭꼭 숨어 있었다. 초라하게 서 있는 무릎 높이의 작은 묘석을 보고 나서야 비로소 모든 것을 알게 되었던 것이다.

마음이 못내 쓰라렸다. 부끄러움과 함께 치미는 분노가 뒤엉켜 복잡한 감정이었다. 고궁을 관리하는 분들의 역사 인식이 고작 이 정도인가 하는 의문조차 온몸을 뒤흔들었다.

결국 오후 늦게 경복궁을 나서면서 관리사무실을 찾았다. 하필이면 비극의 역사 현장에다 화장실을 설치했는지 여쭈어보았다. 답변은 콧방귀였다. 일제 강점기부터 거기에 화장실이 있는 거라며 별 우스운 사람도 다 본다는 식이었다.

그날 이후 혼자 우두커니 앉아있을 때면 비극의 역사 현장이 눈앞에 어김없이 어른거렸다. 그날 있었던 기억의 충격에서 좀처럼 헤어나지를 못했다. 아니 기억의 충격은 자꾸만 증폭되어 가면서 나도 모르게 멱살을 잡아나갔다.

급기야 마음을 고쳐먹기로 했다. 아직은 역사소설을 쓸 수 있는 그 어떤 의지도 역량도 전혀 마련되어 있지 않았음에도, 어느 순간 쓰지 않으면 안 될 것 같은 열병과도 같은 충동이 의식을 지배했다. 전혀 예기치 않은 새로운 감각을 계시처럼 받아들일 수밖에 없게 된 것이다.

생각이 그쯤에 이른 며칠 뒤 나는 자신도 모르는 사이 '아, 그날 조선의 남자들은 모두 다 어디에 있었더란 말인가?'라는 의문이 머리를 훅 쳐들었다. 의문의 꼬리가 꼬리를 물며 구체화하기 시작했다.

첫 번째 역사소설 「명성황후를 찾아서」는 그렇게 첫 문장이 써졌다. 그 첫 문장부터 시작되어 2,500장 분량의 원고를 메우는데 죽을 만큼의 열병을 홀로 앓아야 했던 것이다.

나의 인물평전 데뷔기

나의 인물평전 데뷔 역시 자신이 먼저 나서서였다기보다는 결국 등이 떠밀려서였다는 표현이 더 옳을 것 같다. 그건 아주 우연히 찾아온 어떤 사소한 계기처럼 보일 수도 있었으나, 또한 이미 거역할 수 없는 운명과도 같은 것이었다.

그랬다. 마흔 살에 등단한 이후 나는 줄곧 역사소설만을 써왔다. 새벽부터 작업에 열중하다 점심 무렵이 가까워지면, 머리가 고무풍선이 되어 천정에 둥둥 떠다니는 것 같았다. 진이 빠져 더는 책상 앞에 붙어있지 못한 채 집을 나서게 된다. 무작정 길거리를 걸으며 원고에서 멀어지고는 했다.

그날도 한낮에 집을 나섰다. 아니 그날따라 골목시장으로 통하는 길이 아닌 한강변으로 나가는 길을 걷고 있었다.

거리엔 오가는 사람들로 북적였다. 모두가 생소한 얼굴이었다. 그 틈바구니에 섞여 한강변 쪽으로 느릿느릿 걸어가고 있는데, 저만큼 아줌마의 뒷모습에 두 번 세 번 자꾸만 눈길이 갔다. 강보에 아기를 업은 채 한 손에 제법 묵직한 보자기를, 또 다른 손은 예닐곱 살이나 되었을까 하는 어린아이의 손을 잡고 힘겹게 걷고 있었다. 그때에도 좀처럼 보기 드문 풍경이 아닐 수 없었다.

(지하철역으로 가려는 모양이로구나….)

나는 지레짐작했다. 서둘러 발걸음을 옮겨 아줌마에게 다가가 보자기를 들어주마고 했다.

한데 고맙다며 활짝 웃던 아줌마가 나를 보더니 한순간 얼음이 되었다. 그러다 이내 얼음이 풀어지며 어머, 박 부장님! 하고 커다란 음성으로 정색했다. 지나던 사람들이 다 둘러볼 정도였다.

그러고 보니 어디서 많이 본 얼굴 같았다. 단박에 알아볼 순 없었지만 어딘지 낯익은 모습이 없지 않았다.

젊은 날 나는 출판사의 편집장으로 근무한 적이 있다. 규모가 꽤 커서 편집부만도 해도 직원이 10여 명에 달했다. 그땐 사진식자라는 활자 조판組版을 출판사 내부에서 모두 작업한 뒤 비로소 인쇄소에 넘겨 책을 찍어내던 시절이었다.

영업부 직원들 또한 여럿이었다. 정확힌 몰라도 대여섯 명은 되어 보였다. 건물의 지하층은 전체가 출판사 창고였다. 2층에 자리한 편집부와 달리 영업부의 사무실은 책이 산더미처럼 쟁여진 창고 한쪽에 자리했다. 또 창고 한쪽의 벽면엔 건물 바깥까지 컨베이어 레일이 기다랗게 연결되어 있었는데, 아침이면 컨베이어 레일로 실어내는 책 뭉치를 배송받기 위해 트럭 한두 대가 어김없이 대기하고는 했다.

서로 하는 일이 달라서였는지, 2층의 편집부와 지하층의 영업부는 그저 그런 사이였던 것 같다. 왠지 좀처럼 가까이 지낼 어떤 계기가 좀처럼 만들어지질 않았다.

한데 문제는 삼십대 후반의 젊은 사장에게 있었다. 머리에 기름을 발라 올백으로 빗어 넘긴 그는, 자신의 고향 지역에서 금배지를 향해 뛰는 정치인이었다.

때문에 매일 오전에 잠깐 출판사에 들러 편집부와 영업부를 둘러본 뒤, 서른이 넘도록 시집을 안간 노처녀 경리과장이 건네는 돈 봉투를 양복 주머니에 담으면 서둘러 사라지곤 했다. 출판사 살림은 온통 노처녀 경리과장이 쥔 채였다.

그럼에도 돈을 직접 만지는 영업부는 저마다 태평했지만, 편집부는 사정이 사뭇 달랐다. 매일 같이 책 뭉치가 트럭째 나가는 출판사에 돈이 마르지 않았음에도, 금배지를 향해 뛰는 젊은 사장의 씀씀이는 한강에 돌 던지기였다. 편집장인 나만을 바라보는 편집부 식구들을 생각지 않으면 안 되었다.

그래서 생각해낸 묘안이 내가 노처녀 경리과장과 낯 찌푸리지 아니하고 잘 지내는 거였다. 또한 그 묘안이 적중해서 편집부 식구들의 근심(?)을 덜 수 있었던 것이다.

"아, 김 과장?"

난 그제야 오래된 망각 속에서 기억의 한 자락을 붙잡았다. 출판사 편집장인 나와 서른이 넘도록 시집을 안간 노처녀 경리과장을 여지없이 기억해냈다.

"어머, 예전 그대로이시네요. 등단도 하셨겠군요."

경리과장은 그때 영업부의 총각과 결혼했다고 수줍게 웃었다. 남편이 출판사를 한다며 내게 원고를 부탁했다. 지하철역 앞에서 헤어질 땐 우리 집 전화번호를 꾸역꾸역 손바닥에 적어갔다.

다음날 집으로 전화가 걸려 왔다. 출판사를 한다는 김 과장의 남편이었다. 집 근처로 찾아오겠다 했다.

"저힌 경제경영 전문 출판사에요."

한때 경제경영서가 대세를 이루던 시절이 있었다. 꼭이 경제경영서만이 아니었다. 지하철 안에서 너도나도 책을 읽던 때가 있었다. 작가도 그리 많지 않았을뿐더러, 출판계에 원고가 없어 아우성일 때였다. 김 과장의 남편은 다짜고짜 원고 청탁을 부탁드린다며 두 손을 맞잡았다.

헤어져 집으로 돌아왔지만 난감했다. 경제경영의 경자도 모르는 내가 어떻게라는 의문에 빠져 몇 날을 고민했는지 모른다. 한강변을 얼마나 걸으면서 생각의 늪에 빠졌는지.

하지만 그때 김 과장에게 신세를 졌다는 마음의 빚이 편치 않았다. 어떻게든 김 과장 부부의 기대에 답하고 싶은 마음이 굴뚝같았다.

결국 머리를 쥐어짜 생각해낸 것이 당시 매일같이 뉴스에 오르내려 비교적 만만하게 만 보이는 삼성의 이병철과 현대의 정주영이었다. 내가 아는 경제경영의 상식은 오직 그 두 사람이 전부였다. 그나마 신문이나 방송을 통해 접한 단편적인 게 고작이었지만.

암튼 그 두 인물이라면 경제경영 전문 출판사에도 맞을 것 같았다. 전화 통화를 하면서 김 과장의 남편도 좋다고 했다.

한데 막상 그 두 사람에 대해 뭘 써보자니 앞이 캄캄했다. 역사소설만을 써오던 내가 경제경영이라니 뜬금없었다.

그러나 혹惑의 가능성이 나를 이끌었다. 그 어떤 것도 가로막을 수 없다는 바라고 꿈꾸는 간절함이 끝내 나를 움직였다.

(그래, 이병철과 정주영의 인물평전을 써보기로 하자!)

그러면 경제경영에서도, 역사소설에서도 결코 멀어지지 않을 것 같았다. 경제경영에서도, 역사소설에서도 낯선 문법이 아닐 것만 같았다. 요컨대 역사소설 같은 경제 경영서를 위한 인물평전을 써보자는데 생각이 이르렀다.

그리곤 가장 손쉬운 방법부터 시작했다. 우선 가능한 접점부터 찾아 나섰다. 먼저 관상 보는 책부터 구입해 읽어나가는 한편 두 사람의 얼굴 사진을 살펴나갔다.

정주영의 아무렇게나 빗어 넘긴 짧은 머리, 희미한 눈썹, 약간 부은 것 같은 두툼한 눈꺼풀, 커다란 뿔테 안경이 일종의 소품이라면, 오른쪽 안면에 힘을 준 채 수줍게 웃는 특유의 미소는 무던한 이웃집의 아저씨 같은 인상을 풍겼다. 반면에 이병철은 말끔하고 깐깐한 인상이었다. 평소 이미지만 봐도 정주영이 두둑한 배짱과 급한 성격이 두드러져 보인다면, 이병철은 강렬한 개성과 냉철한 성격이 돋보였다.

단지 이러한 밑천만으로 인물평전의 첫 붓질을 시작했다. 책의 제목 또한 그런 밑천 속에서 자연스럽게 정해졌다. 「이기는 정주영, 지지 않는 이병철」이라는, 그때까지 보지 못한 경제경영서 같지 않은 경제경영서(?)가 세상에 나오게 된 것이다.

작가는 원고를 출판사에 넘겨주고 나면 사실 그 원고에 대해 그만 까맣게 잊고 만다. 그렇게 일부러라도 머릿속에서 지워버려야만 다음 작품에 들어갈 수가 있다. 「이기는 정주영, 지지 않는 이병철」 또한 마찬가지였다. 이제는 마음의 빚을 갚았다며 그만 까맣게 잊고 있었다.

한데 책이 나온 지 한두 달이 되었을까? 나는 모를 볼멘소리를 친구들이 해대기 시작했다. 책이 잘 나간다는데 술 한 잔 사야 하는 게 아니냐고 막무가내였다.

그제야 은행 통장을 확인하고 두 눈이 휘둥그레졌다. 초판 2만 부를 찍은 데 이어 그 이듬해까지 스무 판 가까이 연속해서 찍어내며 베스트셀러에 올랐다. 평생 원고를 써오면서 두 번째로 많은 인세를 받게 해준 효자인데다, 시나브로 인물평전에까지 지평을 열 수 있게 해준 것이다.

나의 역사평설 데뷔기

나의 역사평설 데뷔 역시 다르지 않았다. 자신이 먼저 나서서라기보다는 결국 등이 떠밀려서였다는 표현이 더 옳을 것 같다. 그건 아주 우연히 찾아온 어떤 사소한 계기처럼 보일 수도 있었으나, 이미 거역할 수 없는 운명과도 같은 것이었다

그때 주말이면 만나는 친구가 있었다. 둘이 서울 근교 산들을 등산하거나, 궁궐을 찾아 함께 거닐며 역사를 얘기하고는 했다. 친구는 5개 국어에 능통한데다, 걸어 다니는 옥편玉篇으로 불릴 만큼 한자에

막힘이 없었다.

친구의 직업(?)은 '책 읽어주는 남자'였다. 삼성그룹의 퇴직 경영자인 C씨가 도서 만 권의 소장자로 유명했는데, 나이 들어 시력이 나빠졌다. 그런 C씨에게 원서를 읽어주는 일을 하며 돈을 벌어, 일 년이면 꼭이 두 차례씩 해외여행을 훌쩍 떠나곤 하던 재밌는 친구였다.

그런 친구가 어느 날 봉천동에 있다는 헌책방을 가자고 했다. 삼성 이병철 회장에 대해 숨겨진 얘기를 들려줄 사람이 있다는 거다. 주말에 친구를 따라나섰다.

허름한 헌책방 주인답잖게 그는 인문학에도 조예가 깊었다. 태평로의 삼성 본관 준공(1976) 당시 지하 아케이드에서 옛 우표와 동전 따위를 사고파는 골동품 가게를 하였다는데, 그때 삼성가 사람들을 가까이서 지켜보고 친숙하게 지냈다고 했다. 이건희를 비롯한 이맹희, 이창희 등 삼성을 계승할 형제들에 대해 꽤 유의미한 증언을 들려주었다.

한데 그날 나의 촉은 온통 딴 데 있었다. 자신의 헌책방에서 아주 진귀하다는 고서 몇 점을 내보였는데, 그중 하나에 딱 시선이 꽂혔다. 1929년 창간되어 8.15해방 직전까지 일제 식민시대를 고스란히 관통하고 있는 시사교양 잡지 월간 「삼천리」였다. 전체 2백여 권 가운데 그는 단지 예닐곱만을 가지고 있었는데, 깜짝 놀랄 고가(?)에 거래된다고 했다. 대부분 교수들이 고객이라는 것이다.

사실 앞서 나의 첫 인물평전이랄 수 있는 「이기는 정주영, 지지 않는 이병철」을 쓰면서 이들의 젊은 날의 초기, 그러니까 조선왕조의 기왓장이 허물어져 내린 이래 우리가 원하지도 않았건만 물밀듯이 밀려 들어온 물질문명의 경이를 넘어, 이 땅에 맨 처음 자본주의를 열었던 시대의 증언을 들여다보고 싶다는 열망이 가득하던 차였다. 일제 식민시대 경제 분야의 풍경까지 담아내고 있다는 설명에 그만 푹 빠져들고 말았다.

하지만 깜짝 놀랄 고가(?)가 목에 가시였다. 아내의 얼굴부터 떠올랐다. 때문에 헌책방에 있다는 사실만을 확인한 뒤 일단 물러날 수밖에 없었다.

낙심한 채 돌아오는 길에 친구와 저녁을 먹었다. 자연스레 월간 「삼천리」 얘기를 술안주 삼자 친구가 단비 같은 소릴 꺼냈다. 친구가 책 읽어주고 있는 퇴직 경영자 C씨가 잡지를 소장하고 있다는 거였다. 그것도 예닐곱 권 정도가 아니라 2백여 권을 몽땅. 나는 운명론자가 아니었음에도 그렇게 운명처럼 단번에 연결되었다.

며칠 뒤, 포도 상자를 사들고 C씨의 자택을 친구와 함께 찾았다. C씨는 2백여 권 모두를 빌려주긴 어렵다면서, 필요할 때마다 몇 권씩 가져가라 일렀다.

다행히 월간 「삼천리」엔 맨 마지막 권이 전체 목록본이었다. 우선 전체 목로본만을 빌려다 내가 필요로 하는 경제 부분의 목차만을 따로 옮겨 적었다. 그런 뒤 옮겨 적은 목차에 따라 순차적으로 월간 「삼천리」를 빌려와 주제에 맞게 재구성하고 새로이 집필에 들어간

게 나의 첫 역사평설인 「경성상계」였다.

책이 출간되어 나오자 생각지도 않게 반응이 뜨거웠다. '조용하고 아름다운 조선의 도읍 한성에서 근대 상업도시로 급변하는 경성의 모던 풍경을 한데 담았다. 전차와 백화점을 앞세운 근대의 달콤한 유혹, 그 속에 숨겨진 식민지 경성 상계의 흥망성쇠. 이 책은 근대의 급속한 전개와 함께 울고 웃었던 우리의 생생하고도 치열한 기록이다…'고 동아일보와 조선일보가 지면의 절반씩이나 대서특필해줬다. 한 해가 다 지나가도록 광화문 교보문고 역사 코너의 평대에서 「경성 상계」가 어기차게 버티어냈다. 나의 첫 역사평설이 탄생하는 순간이었다.

3
제3장

역사 글쓰기 쓰기 이전의 작업들

문학이건 문학이 아니건 모든 언어의 진술은 기본적으로 여러 가지 의미를 갖고 있다. 해석하는 사람에 따라 의미가 다르게 이해될 수 있다는 뜻이다. 바로 이 같은 언어의 다의성 때문에 문학이 가능한 것이다.

– 김대행

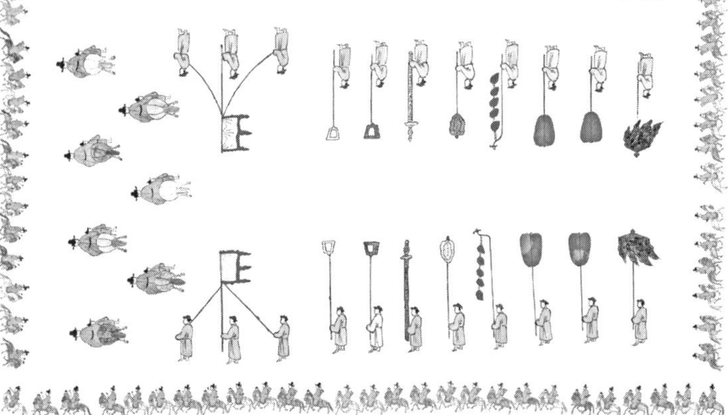

제 3 장

역사 글쓰기 쓰기 이전의 작업들

글쓰기의 시작점, 원류를 찾아서

그때 할아버지의 방은 늘 네모반듯했다. 넓은 방 안은 언제나 텅 비어있는 채였다. 희미하게 빛이 드는 바라지창과 그 아래쪽에 변함없이 자리하고 있는 작은 서궤와 서궤 위에 놓여 있는 오래된 책 한 권, 그 책을 비추는 등잔 불빛과 방바닥에 덩그러니 놓여 있던 옥으로 만든 담배 재떨이가 고작이었다. 그 다섯 가지 풍경이 전부였을 뿐, 할아버지의 방은 언제 보아도 적막했다.

그런 할아버지의 방 안은 정말 들어가기 싫었다. 물속처럼 무겁게

가라앉아 숨이 막힐 것 같은 침묵이 어린 생각에도 도시 마음에 들지 않았다.

그보다도 정말 할아버지의 방 안에 들어가기 싫었던 건 어쩔 도리 없이 무릎을 꿇고 앉아야 한다는 거였다. 집안의 모든 방마다 다 누런 콩기름을 발라 윤기가 반들반들했건만, 유독 할아버지의 방만은 예외였다. 누런 콩기름을 바른 장판이 아니라 꺼칠꺼칠한 멍석을 깔은 채였다. 무릎을 꿇고 앉으면 그 꺼칠꺼칠한 거친 멍석의 골에 무릎이 배어들어 여간 난감한 게 아니었다.

할아버지는 그런 방 안에 사시사철 꼼짝않고 앉아만 있었다. 홀로 앉아 책을 읽는 모습만이 고스란히 기억되고 있다. 도대체 방 바깥으로 나온 모습이란 본 기억이 없다.

다만 방학이 끝나 도시로 다시 공부하러 갈 때면, 그저 고개를 절반쯤 돌려 '가냐?' 했을 뿐이다. 방 밖으로 나와 어린 손주의 머리를 쓰다듬어주거나 한 적조차 없었다.

할아버지에 대한 기억은 그게 전부이다. 그렇듯 텅 빈 방 안의 서궤 앞에 앉아 책 읽는 모습 말곤 다른 기억이라고는 없다.

할아버지는 왜 그랬을까? 적잖은 토지를 소유한 지주로, 고장에서 가장 존경받는 선비로, 약관의 나이에 지방 향교의 헌관이자 스승으로 자신보다 나이가 훨씬 많은 제자들을 무수히 길러내어 그들이 세운 학행비學行碑가 지금껏 고향 마을 초입에 세워져 있음에도, 말하자면 무엇 하나 부족할 게 없는 할아버지였건만 왜 그토록 텅 빈 방

안에 앉아 책만을 읽고 있었는지 그때는 알지 못했다.

그러다 할아버지를 조금씩 이해하게 된 건 문학을 공부하기 시작하면서부터였다. 나의 글쓰기가 딴은 거기서부터 움터 올랐음을 점차 깨달아가면서부터였던 것 같다.

하지만 나의 꿈은 정작 딴 데 있었다. 어릴 적부터 책을 즐겨 읽고 곧잘 글을 쓰긴 했다지만, 나는 그런 운명을 거역하고 싶었다. 사회의 약자들 속으로 들어가고자 했다.

그러나 운명을 벗어나려 하면 할수록 목이 더 죄어들었다. 몸부림치면 칠수록 점점 더 목을 죄어드는 개의 목줄과도 같았다.

결국 운명으로 회귀할 수밖엔 없었다. 유치한 허명이 아니라 어느 순간 글을 쓰는 것만으로도 젊은 날의 꿈을 이룰 수 있다고 믿었다.

그러면서 할아버지가 왜 그토록 텅 빈 방 안에 홀로 앉아 책만을 읽고 있었는지 조금씩 알아가게 되었다. 자신이 가진 모든 것을 뒤로 한채 굳이 거친 멍석을 깔고 앉았는지 비로소 이해할 수 있었다.

그것은 할아버지로부터의 원류였다. 마땅히 지녀야 할 엄중한 자기 확인이었다. 나의 글쓰기의 원류 또한 바로 거기서부터 비롯되었음을 확인케 된 것이다.

작가는 물어야 한다. 왜 쓰는지, 앞으로도 써야 하는지, 스스로 묻고 그 원류를 답할 수 있어야 한다. 누구에게나 기억의 저편에 자리잡고 있기 마련인 동아줄과도 같은 자신의 원류, 자기 확인이 필요하다.

자기 확인이 없다면 흔들릴 때마다 자기 확신도 없다. 자기 확신이 없다면 긴 글을 써야 하는 작가에게 그보다 더 치명상도 없다.

글을 잘 쓴다는 것과 작가가 된다는 건 또 별개의 문제다. 스스로 원류가 있다고 답할 수 있을 때 긴 글을 쓸 수 있는 운명이 될 수 있다. 비로소 글쓰기의 시작점이 되는 것이다.

그런 만큼 장차 긴 글을 쓰고자 한다면 먼저 지난 시간의 자신으로 돌아가 곰곰 생각해보아야 한다. 그 시작점부터 살펴보아야 한다. 그 시작점은 자신의 할아버지일 수도 있고, 어머니일 수도 있으며, 이웃의 또 누군가일 수도 있다. 그도 아니면 어린 시절 신비롭게 보았던 무지개일 수도 있으며, 꽃잎이 하염없이 떨어지던 4월의 마지막 날 안개 낀 어느 새벽길일 수도 있으리라.

작가의 롤 모델 만들기

다 그런 건 아닐지라도 대개 작가의 탄생은 책벌레로부터 시작되어 진다. 돌아보면 남들보다 책을 더 많이 읽었다는 기억을 십중팔구 갖고 있기 마련이다.

물론 이 같은 사실을 자기 스스로 인식하기란 쉽지 않다. 그저 어떻게 읽었을 뿐 남들보다 더 많이 읽은 것이라고 좀처럼 헤아려보진 못한다.

내 경우도 그랬다. 언제 어떤 계기로 처음 책을 읽기 시작했는지는 알 수 없다. 다만 초등학교 고학력이 되었을 때 학교 도서실에서 더 이상 읽을 책이 없다는 사실을 깨달았다. 그 시절만 해도 초등학생에게 읽을 책이 그리 많지 않았겠지만 말이다.

중학교를 마칠 때쯤에는 둘째 누나가 사다 준 20권짜리 세계문학전집이 책꽂이에 교과서보다 더 중요한 위치를 차지했다. 무엇을 뜻하는지도 알지 못한 채 벌써 한두 번씩은 죄다 읽은 뒤였다. 용돈이 생기면 역전驛前에 자리한 헌책방도 기웃거렸던 기억이 생생하다.

그렇다고 책만 읽었던 건 아니다. 대가족 속에서 언제나 말썽만 피우던 개구쟁이였다. 친구들과 어울려 노는 것에도 사족을 못 썼다. 운동은 못 하는 게 거의 없었고, 싸움질도 곧잘 마다하지 않았다. 지금 생각해보아도 도대체 언제 어떻게 책을 읽었는지 도대체 이해되지 않을 정도이다.

아무렇든 작가가 되고 싶다는 생각은 책을 읽으면서부터 남몰래 움트기 시작했던 것 같다. 그것은 아주 어린 시절부터일 수도 있으며, 역사소설을 써보겠다고 결심한 한참 뒤부터일 수도 있다.

한데 이왕 역사 글쓰기를 써보겠다고 결심했다면, 이 순간부터 당장 책 읽는 방법부터 다르게 해야 한다. '눈씨'를 키워 분석적으로 읽어가지 않으면 안 된다. 한 걸음 물러나 냉정한 눈길로 바라볼 수 있어야 한다.

그러기 위해선 단순한 책 읽기에서 벗어나지 않으면 안 된다. 작품을 좀 더 깊숙이 들여다보면서 해부할 수 있는 예리한 눈길을 길러야만 한다.

반복해 읽어가며 점차 분석력을 키워가다 보면 비로소 작품의 민낯을 볼 수 있게 된다. 지금까지는 볼 수 없었던 전혀 색다른 작품의 속살을 목격할 수 있게 될 것이다.

이때부터는 아무 작가나 골라선 안 된다. 평소 자신이 좋아하는 역사 글쓰기의 작가 셋쯤 선별하는 게 좋다. 말하자면 자신의 롤 모델을 만들어 가는 셈이다.

물론 처음부터 분석적 눈씨를 키울 순 없다. 결국 작가의 속살을 들여다보기 위해선 반복해서 읽는 길밖에는 또 없다.

따라서 처음 읽을 때는 별 부담 없이 읽어나간다. 어떤 분석적 시각도 갖지 말고 무조건 빨리 읽어나간다.

하지만 두 번째 읽을 때는 펜과 메모장이 필요하다. 또 처음과 달리 꼼꼼하게 짚어 읽어나가면서 어떤 질문과 대답이 발견되었다 싶으면 곧바로 메모장에 기록해나간다. 예컨대 역사적 소재(사건)를 과연 어떻게 만들어 전개해나갔는지, 다루기 어려울 것 같은 대목은 또 어떻게 처리해나갔는지 하는 따위가 눈에 띄거나 하면 표시하고 따로 메모해둔다.

더욱이 두 번째 읽어나갈 때는 모든 것이 확연해진다. 이야기 얼개의 전개는 물론이고, 그 대미까지도 이미 눈앞에 훤히 보이게 된다. 따라서 이야기 얼개의 초반 부분에서 그와 같은 결말을 암시하는 단서가 과연 어떻게 배치되고 바닥에 깔렸는지 하는 부분조차 금방 포착되어 진다.

등장인물 역시 다르지 않다. 두 번째 읽어나갈 때는 처음 읽었을 때와는 또 다르기 마련이다. 보다 선명히 드러난다고나 할까? 등장인물이 갖게 되는 특징은 어떻게 도입되고, 또 (사건)소재 속으로 이어져 갈등을 유발해 나가고 있는지, 그 같은 특징이 어떤 방식이나 묘사로 그려지고 있는지까지 예의 주시하면서 주의 깊게 읽어나갈 수 있게 된다.

이 지점에서 그치지 않아야 한다. 한 차례 더 읽기를 권한다. 설령 두 번째 읽을 때부터 끊임없이 질문을 던져 그 대답이 될 만한 것들을 상당 부분 찾아냈다 하더라도, 세 번째 읽을 때 마침내 완성됨을 말하고 싶다.

분명히 느끼게 되겠지만, 세 번째 읽을 때는 두 번째 읽을 때와 또 다른 세계가 펼쳐진다. 이제는 질문의 대답을 넘어 어느덧 비평가의 입장에서 읽을 수 있는, 놀랍게도 관조의 눈씨로 거듭나 있는 자신을 발견할 수 있게 된다. 그리하여 작가의 속살에서부터 한계마저 속속 드러나고야 마는 심연의 바닥까지도 들여다볼 수 있는 깊이 읽기가 완성되기 때문이다.

국어사전 정복은 이렇게

필자의 역사소설인 『왕의 노래』를 쓰면서 가져다 쓴 어휘 가운데 20개를 가려 뽑아보았다. 이 단어들 가운데 나는 과연 얼마나 알고 있는지 스스로 체크해 보기 바란다.

아람-열매, 상참常參-매일 아침 편전에서 국정을 논함, 조참朝參-한 달에 네 번 편전에서 국정을 논함, 일산日傘-햇볕을 가리기 위한 큰 양산, 고갱-사물의 핵심, 암문暗門-성벽에 난 은밀한 작은 문, 은결-숨겨놓은 토지, 거둥-임금의 나들이, 토역-역적을 무찌름, 윤음-임금이 신하에게 내리는 말, 주청-임금께 아뢰어 청하던 일, 댓개비-대를 잘게 쪼개어 다듬은 개비, 수할치-매사냥꾼, 수결手決-이름이나 도장 대신 자필 글자로 쓴 싸인, 너새집-얇은 돌조각으로 지붕을 인 집, 당최-도무지, 영, 행궁-임금이 거동할 때 머물던 별궁, 당마塘馬-말을 타고 적군의 정황을 살피는 군사, 지척-아주 가까운 거리. 방통이-작은 화살.

만일 이 20개 가운데 절반인 10개 안팎을 알고 있었다면, 이번 꼭지는 그냥 건너뛰어도 상관이 없을 듯싶다. 그쯤 되면 어휘력은 그다지 모자람이 없다고 믿어진다.

하지만 그렇지 않다 하더라도 실망하거나 골치 아파할 필요란 없다. 어휘란 점차 늘려 가면 그만이다. 처음부터 어휘를 통달했다는 작가는 아직 없었다. 작가라면 누구나 어휘를 늘려가는 과정을 거칠 수밖에는 없다. 이른바 '국어사전 씹어 먹기'가 그것이다.

내가 듣기로 선배 작가들은 중세의 수도승들이 성서를 읽어나가듯이 국어사전을 정복해 나갔다고 한다. 어디까지가 사실인지는 몰라도, 어떤 이는 국어사전을 한 장 한 장 외어나갈 때마다 그 장을 찢어 입 안에 넣고 씹어 먹었다고도 한다.

그렇게까지는 하지 못했어도 나 또한 일찍이 국어사전을 한 차례 정복한 적이 있다. 차마 종이까지 씹어 먹을 순 없었던 터라 조금 다른 방법을 찾지 않으면 안 되었다.

결국 수도승 같은 경건함 대신 집중과 몰입의 방법을 택했다. 모든 것을 제쳐둔 채 3일 동안 아무것도 하지 않고서 오직 국어사전 한 권만을 떼기로 단단히 맘을 먹었다.

우선 1,500여 쪽에 달하는 두꺼운 국어사전을 무턱대고 처음부터 끝까지 읽어나가기로 했다. 모르는 단어가 눈에 띄거든 연필로 가늘게 선을 그어 표시해두었다. 그렇듯 사흘에 걸쳐 일독을 마친 뒤, 두꺼운 국어사전을 다시금 천천히 넘겨보자 온통 연필 표시였다.

하지만 나의 국어사전 정복은 그것으로 끝이었다. 다시는 어휘력 때문에 별도의 시간을 내거나 할 필요란 없었다.

대신 자투리 시간이 남거나 짬이 나는 틈틈이 국어사전을 훌렁훌렁 넘겨다보았다. 부담 없이 넘겨보며 다시금 확인한 뒤엔 예의 연필 표시를 지우개로 하나하나 지워나갔다. 그렇게 연필 표시를 지워 가는데 한두 해쯤 걸리지 않았나 싶다. 국어사전 정복이 이보다 더 효율적인 방법은 또 없다고 생각한다.

한자는 얼마나 알아야 하는가

역사 글쓰기를 시작하려고 한다면 한자를 꽤 많이 읽을 줄 알아야 한다고 믿기 쉽다. 실제로 한자는 역사 글쓰기를 하기 위한 필요 조건이다. 전장에 나가 싸워야만 하는 전사에게 마땅히 필요한 무기와도 같다. 역사소설에서 한자는 어떤 목적을 달성하기 위한 수단임에 틀림없다.

그렇다 하더라도 역사 글쓰기에서 한자란 결코 첨단 무기는 아니다. 모든 것을 지배하는 절대 비중이 될 수 없다. 그저 전장에 나가 싸우는 전사에게 필요한 하나의 기본 수단일 따름이다.

사실 다른 역사 글쓰기의 작가들은 어떤지 정확히 알지 못한다. 나는 그저 남들 읽는 만큼의 한자를 알고 있을 따름이다. 정확히 헤아려 보지는 않았지만 3천 자 정도를 읽는 정도의 수준이 아닐까 싶다.

하지만 한자 때문에 어떤 어려움에 부딪쳤다거나 한 적은 아직 없었던 것 같다. 한자의 벽에 가로막혀 원고가 중단됐거나 포기했던 적이 아직까지는 기억에 없다.

물론 믿는 구석이 없지만은 않다. '걸어 다니는 옥편玉篇'으로 불리는 데다, 아무렇게나 휘갈겨 쓴 것 같은 붓글씨의 원문조차도 어렵잖게 척척 읽고 해석하는 친구의 도움을 이따금 받고 있기는 하다.

그렇다고 뒤늦게 한자 공부를 다시 시작할 요량도 없다. 다시 말해 역사 글쓰기에서 한자란 필요 조건이되 결코 필수 조건은 아니라는 점이다.

역사 글쓰기란 오래된 고서를 번역해내는 작업이 아니다. 역사 글쓰기에서 한자의 필요 조건이란, 원고를 쓰기 위한 것이라기보다 사료 접근을 위해서라는 표현이 더 적합할 것 같다. 그 같은 성격의 필요 조건일 뿐, 모든 것을 지배하는 필수 조건은 아니더란 얘기다. 마땅히 필요한 무기이나 결코 첨단 무기가 될 수 없다고 밝힌 것도 그런 이유에서다.

젊은 시절이었다. 그러니까 꽤 오래전의 일이다. 원고를 쓰기 위한 답사 때문에 강원도 어느 산촌을 찾아가느라 덜컹거리는 시골버스를 탔던 것 같다. 시골버스 안은 읍내 장터에 다녀오는 그 지방 승객들이 대부분인 가운데, 나를 비롯해 타 지방에서 온 듯한 승객도 더러 눈에 띄었다. 또 몇몇은 자리가 없어 서서 가기도 하는, 그저 그런 시골버스 안에서였다.

물론 당시 시골버스는 지금과 사뭇 다른 풍경이었다. 딱 집어 말하기는 어려우나, 하여튼 손님이 원하는 곳이면 달리던 시골버스가 어디라도 멈춰서 내려준다는 것과 그리 바쁠 것도 없는 여유로운 모습들이었던 것만은 분명하다.

아무렇든 인적도 드문 산골짜기 어디를 얼마쯤 내달려가고 있었는지. 한가로이 달려가던 시골버스 안이 갑자기 술렁이기 시작했다. 사람들이 긴장된 얼굴로 저마다 시선을 끌어 모았다.

한데 술렁이는 모습이 어딘지 모르게 조금은 어설퍼 보였다. 쉽사리 예상되는 어떤 시비가 발생한 것도, 술주정도 아니었다. 자리가 없어 서서 가는 몇몇 사람들 속에 웬 젊은 아줌마가 소란의 진원지였다. 젊은 아줌마는 기겁한 채 연신 단절음의 괴성, 아니 괴성이라기보다는 너무 당황한 나머지 어쩔 줄을 몰라 하는 모습이었다.

그 때문인지 소란을 피우고 있음에도 모두가 대수롭지 않게 여기는 듯이 보였다. 너나없이 평정심을 잃지 않은 따뜻한 눈길들이었다.

그도 그럴 것이 젊은 아줌마는 겨우 돌을 넘겼을까 말까 한 어린아이를 등에 업고 있었다. 이미 울음보가 터진 어린아이를 한 손에 받쳐 들고, 또 다른 손에는 큼직한 보따리를 움켜쥔 채였다.

더구나 젊은 아줌마는 벙어리였다. 당황해서 어찌할 바를 모르면서도 차마 말을 하지 못해 단절음의 괴성만을 연신 내질렀다. 소란을 피우고 있음에도 저마다 따뜻한 눈길을 잃지 않고 있는 이유였다.

그러다 이내 승객들의 얼굴에서 안도의 웃음기가 돌았다. 젊은 아줌마의 손짓 발짓을 통해서 자신이 내려야 할 곳을 그만 지나치고 말았다는 사실을 알아차리게 된 것이다.

승객들은 그런 젊은 아줌마를 향해 아무 걱정하지 말라며 저마다 한마디씩 했다. 누군가는 마을을 지나친 것이 아니라 앞으로도 십여 분가량은 더 가야 한다는 얘기까지 큰소리로 덧붙여주기조차 했다.

한데도 젊은 아줌마의 소란은 조금도 수그러들지 않았다. 등에 업힌 어린아이의 울음소리마저 그칠 줄 몰랐다.

결국 내가 자리에서 일어났다. 여전히 어쩔 줄을 몰라 하고 있는 젊은 아줌마 곁으로 다가가 어디서 내릴 거냐고 볼펜과 수첩을 내밀었다. 젊은 아줌마는 자신이 내려야 할 마을을 서투른 글씨로 써 보였다.

역사 글쓰기에서 한자란 이런 농아聾啞와도 같은 것이라고 볼 수 있다. 그렇다. 젊은 아줌마는 농아였다. 말하지도 못하고 듣지도 못했다. 하지만 승객들은 겉으로 드러난 벙어리啞인 줄은 알았으나, 듣지 못하는 농聾인 것까지는 미처 생각지 못한 것이다.

거듭 말해둔다. 한자의 장벽에 부닥쳐 원고가 중단되었다거나 포기한 적이란 없었다는 나의 고백을 다시금 상기해주기 바란다. 한자가 비록 어떤 목적을 달성하기 위해 필요한 무기이긴 하나 그렇다고 반드시 첨단은 아니며, 또한 필요 조건이긴 하나 결코 필수 조건은 아니라는 사실이다.

더욱이 지금은 「조선왕조실록」을 비롯하여 국왕의 동정과 국정을 낱낱이 기록해둔 「일성록」이나 「승정원일기」 같은 대부분의 사료가 비록 초록初錄이긴 하더라도 국문으로 번역되어 나와 있다. 필요하면 아무 때나 접근이 손쉽게 가능해졌다.

그래서 나는 그 같은 사료가 필요할 때면 으레 찾아가는 곳이 있다. 국립중앙도서관이나 국립중앙박물관 도서관이다. 특히 국립중앙박물관의 도서관은 누구나 손쉽게 접근해서 자신이 원하는 부분을 자유롭게 열람하고 복사할 수 있도록 오픈되어 있다. 다만 완역된 문장이 완전치 못해 반드시 윤문이 필요로 하다지만, 어차피 다시금 자기 문장으로 새로이 고쳐 써야 하는 작가에겐 그조차 별 문제될 것이라고는 없다.

더구나 요즘 들어선 그곳을 찾는 경우도 아주 드물어졌다. 작업실의 책상 앞에서 인터넷 사이트로 고문헌 사료 검색이 단박 가능해졌다. 국립중앙박물관의 도서관까지 할딱할딱 애써 찾아가지 않아도 된다.

참고로 얼마 전에 작업실의 책상 앞에서 「조선왕조실록」 가운데 '효수'란 단어 검색만으로 프린트되어 나온 사료를 보고 깜짝 놀란 적이 있다. 완역되어 나온 사료가 A4용지로 자그마치 2,000장 넘게 나온 것이다. 이제는 정말 마음만 먹으면 누구나 역사소설을 쓸 수 있겠구나, 하는 생각이 절로 들게 했다. 한자는 과연 얼마나 읽을 수 있어야 역사소설을 쓸 수 있느냐는 의문은 이미 종료된 문제라고 보아도 괜찮을 듯싶다.

문장 수업의 정석

글쓰기란 곧 문장이다. 작가의 의도가 전달되는 통로이자 과정이다. 역사 글쓰기의 작가에게 문장이란 다름 아닌 숨결이랄 수 있다. 똑같은 소재를 가지고도 어떤 (문장의 표현)방법을 선택하여 전달하느냐에 따라 작품의 생명이 결정 된다고 보아도 가히 틀림이 없다.

따라서 문장 수업은 작가가 반드시 통과해야 하는 첫 번째 관문이다. 역사 글쓰기를 하는데 가장 먼저 부딪치게 되는 선결문제가 이 문장 수업이다.

더욱이 지금 우리가 하는 작업은 단순히 수업 단계일 따름이다. 아직은 문장을 쓸 수 있는 준비가 되어 있지 않다는 점을 받아들여야 한다.

물론 누구나 처음부터 완성된 문장을 쓰기란 쉽지 않다. 완성된 문장을 쓰기까지는 어떤 비밀스런(?) 방법을 찾아 스스로 익히지 않으면 안 된다.

그러나 방법에는 왕도가 없다. 오직 정석만이 있을 따름이다.

정석이란 다른 게 아니다. 우선 문장을 써보아야 한다. 습작을 해보는 가운데 스스로 체득하는 길밖에는 다른 방법이 따로 없다.

한데 이때 빠지기 쉬운 함정이 있다. 좋은 문장을 쓰겠다는 자기의식에 스스로 갇혀버리고 만다는 사실이다. 따라서 쓰는 일을 더욱 힘들게 만들 뿐 아니라, 성장을 더디게 하고 만다는 점이다.

죽어있는 것과 살아있는 것의 차이란 무엇인가? 곧 경직과 유연이 아니겠는가.

어깨에 힘을 빼라. 지금의 나를 솔직히 인정하지 않으면 안 된다.

어떤 작가라도 습작이라는 과정이 없는 이가 또 없었다는 사실을 결코 잊지 말자. 마찬가지로 너무 좋은 글에만 집착한 나머지 부질없이 망설이는 것보다는, 그래도 용기를 내어 일단 있는 그대로를 한번 써 보는 것에서부터 문장 수업을 시작하는 것이 곧 지름길이다.

① 읽고 쓰면서 좋은 글을 이해하자

앞에서도 말한 적이 있듯이, 먼저 자기가 좋아하는 역사 글쓰기의 작가를 선택한다. 처음에는 그 작가의 한 작품만을 집중하는 것이 좋다. 그렇듯 한 작가의 문장을 관심이 시들해질 때까지 서너 번 반복해서 계속 읽어나간다. 아니 더 읽으면 읽을수록 더 가까워짐을 스스로 느낄 수 있게 된다.

그런 다음 작가의 작품을 덮어둔 채 아무 주제나 한두 장가량 스스로 써본다. 그리고 나선 작가의 문장과 자신의 문장을 서로 비교해 본다.

모르긴 해도 두 문장 간에는 분명 어떤 차이가 있음을 볼 수 있게 된다. 자신이 미처 의식하지 못한 간격이 존재하고 있음을 발견케 될 것이다.

물론 재미있는 수업은 못 된다. 하지만 이 대목에서 얼마나 치열했는가에 따라 자신의 문장 수업이 결정된다고 보면 된다. 때문에 어느 정도 간격이 좁혀질 때까지는 인내하면서 이 작업을 반복할 필요가 있다.

또 그렇게 몇 차례 반복하다 보면, 처음보다는 상당 부분 차이가 좁혀지는 것을 발견할 수 있게 될 것이다. 또한 자신의 문장이 어느새 그 작가의 문장과 흐름으로 엇비슷하게 진화해 있음도 깨닫게 될 것이다.

② 직접 써보면서 요령을 강화시켜 간다

자신이 좋아하는 한 작가의 문장을 읽고 써보면서 어느 정도 문장의 세계에 대한 이해력이 생겼다고 판단되면, 이제는 당장 시작해보도록 하자. 두려움에 떨 필요는 없다. 무턱대고 책상 앞에 앉아 쓰기 시작하자. 그 작가가 쓴 어떤 짧은 부분의 내용(처음엔 아주 짧게)을 가려서 대강의 줄거리를 만들어 두었다가, 하루 이틀 지난 뒤에 그 줄거리를 따라 본격적으로 문장을 써보는 것이다.

이때는 단순히 그 작가의 문장을 읽었던 기억력에만 의존해서는 안 된다. 자신이 그 대목을 직접 창작한다는 마음으로 써보아야 한다.

처음 문장이 잘 떠오르지 않아도 좋다. 중간에 막힌다 해도 멈춰서는 안 된다. 그럴 때는 빈 공간으로 남겨두었다 나중에 메우면 된다는 생각으로 끝까지 멈추지 마라. 가급적 머뭇거리지 말고 끝까지 단숨에 써나가자. 자신이 써가고 있는 문장에 힘이 덜 들어가는 것이 중요하다. 문장을 시작하고 끝날 때까지 거침없는 서술로 부담 없이 신속하게 써라.

물론 생각에 잠기거나 하는 건 전혀 상관없다. 이따금 한두 문장을 다시 읽어 올바른 흐름으로 가고 있는지 확인하되, 그렇다고 처음부터 되짚어 다시 읽겠다는 생각은 하지 말아야 한다.

그같이 문장을 모두 써 마쳤다면, 이제는 자신이 쓴 문장과 그 작가의 문장 사이에서 발견되는 서로 다른 점을 낱낱이 찾아내어 비교해본다. 비교 속에서 자신의 결점이 무엇인가를 깨닫고 또 보완해나가면서 문장 수업을 점차 강화해 나가자.

다만 여기서 주의할 점은, 처음 한 작가의 작품에만 그치지 말자는 것이다. 어느 정도 문장 수업이 강화되었다고 생각되면, 좀 더 폭을 넓혀 텍스트로 삼으라고 권하고 싶다. 또 다른 경향으로 생각되는 세 작가 정도는 작품의 폭을 넓혀나가는 것도 바람직하다고 본다.

결국 롤 모델의 선택이 중요하다는 문제인데, 사실 나는 처음 문장 수업을 할 때 당시 내가 좋아했던 김용성·이청준·이호철·이문구·황석영의 작품에 깊숙이 빠져있었다. 물론 그분들의 작품에서 배운 바가 결코 적지 않았음을 고백하지 않을 수 없다.

그러나 나의 이 같은 일방적 편애(?)는 훗날 많은 아쉬움을 남기는 결과를 초래했다. 1980년대에 들어서면서부터 우리 사회는 가히 폭발에 가까운 산업사회로의 변화와 함께 도시의 대형화에 따른 또 다른 형태의 갈등을 숨 가쁘게 증폭시켰다. 무엇보다 그 같은 갈등을 문학으로 다 수용하기 위해서는 비교적 만연체나 장문체에 가까웠던 그때까지의 문장 전개 방식에서 무언가 새로워지지 않으면 안 되었다.

예컨대 보다 도회적이고 감성적이어야 했다. 간결하면서도 촉감적인 표현이 새로 요청되었던 것이다.

하지만 앞서 열거한 다섯 분의 작가는 아무래도 그런 쪽과는 멀었다. 그 같은 간결 내지는 감성과는 거리를 둔 채, 누구도 범접할 수 없는 자기만의 유장한 경지에서 독창적인 문학세계를 열었었다. 결국 나의 일방적 편애로 시작된 문장 수업은 훗날 또다시 간결과 감성 쪽을 재수업하지 않으면 안 되었던 것이다.

③ 감각은 예리하고 날카롭게

문장 수업에서 또 빼놓을 수 없는 퍼즐이 곧 감각이다. 감각은 어떤 사물에 대해 정확히 관찰하여, 그 관찰의 상태를 분별 있게 포착하고, 그리고 마음속에 깊은 의식으로 남게 하는 (감각)능력을 뜻한다. 이 또한 세심한 주의와 반복되는 관심으로 자기 것으로 삼을 수 있다.

예문은 박범신의 초기 장편소설 「풀잎처럼 눕다」와 김훈의 역사소설인 「칼의 노래」의 한 부분이다.

컹컹, 간헐적으로 개가 짖었다.

아침마다 형은 개 줄을 잡고 이 돌산까지 올라왔다. 개는 힘이 좋았다. 아래에서 올려다보면 항상 역광을 받아 어둡게 떠오르는 팽팽한 직선이 도엽의 시선에 잡혔다. 형이 개를 앞세우고 가는 게 아니라 개가 형을 끌고 가는 것 같았다. 줄은 쇠줄이었다. 형은 희게 잘 닦인 쇠를 좋아했다. 개의 목에 걸린 굵은 쇠고리도 그래서 늘 차갑게 빛났다. 형의 양복에 달린 쇠단추가 빛이 나듯이.

쌍놈의 개 같으니라고. 도엽은 소나무를 힘껏 찼다. 바위에 뿌리를 내린 소나무는 끄떡도 하지 않았다. 개도 그랬다. 아무리 발길질을 해봐도 놈은 한 발 뒤로 물러날 뿐 꼬리를 내리는 일이 없었다. 형과 똑같은 눈빛을 놈은 갖고 있었다. 언제나 그만 보면 번뜩이는 적의를 드러내 보이는 것이다.

갑자기 개 짖는 소리가 한 음계 탁 올라붙었다. 도엽은 고개를 돌렸다. 개천 둑길에 불쑥 트럭 한 대가 나타났던 것이다. 헤드라이트의 불빛이 어둠을 터널처럼 뚫어놓고 있었다….

버려진 섬마다 꽃이 피었다. 꽃피는 숲에 저녁노을이 비치어, 구름처럼 부풀어 오른 섬들은 바다에 결박된 사슬을 풀고 어두워지는 수평선 너머로 흘러가는 듯싶었다. 뭍으로 건너온 새들이 저무는 섬으로 돌아갈 때, 물 위에 깔린 노을은 수평선 쪽으로 물러가서 소멸했다. 저녁이면 먼 섬들이 박모 속으로 물러가고, 아침에 떠오른 해가 먼 섬부터 다시 세상에 돌려보내는 것이어서, 바다에서는 늘 먼 섬이 먼저 소멸되고 먼 섬이 먼저 떠올랐다.

… 〈중략〉 …

한산, 거제, 고성 쪽에서 불어오는 동풍에는 꽃 핀 숲의 향기 속에 인육이 썩어가는 고린내가 스며있었다. 촉촉한 숲의 향기를 실은 해풍의 끝자락에서 송장 썩는 고린내가 피어올랐고, 고린내가 밀려가는 바람의 꼬리에 포개져서 섬의 꽃향기가 실려 왔다. 경상 해안은 목이 잘리거나 코가 잘린 시체로 뒤덮였다….

예문에서 볼 수 있는 것처럼, 어느 특정 부분을 집중적으로 강렬하게 묘사함으로써 마치 눈앞에 풍경화를 그려내듯이 또렷하고 생동감 넘치는 인상을 매우 날카롭게 보여주고 있다. 이처럼 강렬한 순간 포착은 등장인물과 성격, 행동 패턴의 변화, 사건의 장치 등으로도 충분히 성취될 수 있겠지만, 문장의 감각적인 묘사를 통해서도 가능하다는 것을 입증해 보여준다. 또 그것은 오직 사물에 대한 세밀하고도 다각적인 관찰과 인지의 정확도에서만이 획득할 수 있다는 걸 알 수 있다.

④ 상상력은 풍요롭고 거침없이

상상력이란 현실을 뛰어넘거나 그 바깥의 세계를 보는 힘을 말한다. 예컨대 눈으로 볼 수 있거나 귀로 듣는다든지 하는 직접 체험이 아니고서도 보고 들을 수 있는 부분이 곧 상상력이다.

문장을 써나가다 보면 흔히 무언가 비교 비유해야 하는 부분에 직면케 되고는 한다. 그 같은 대목에서 곧잘 요구되는 것이 상상력이다. 한결 신선하고 극명한 묘사를 보여줌으로써 독자들이 어떤 틀림없는 분위기에 사로잡힐 수 있게 하기 위함이다.

예문은 이외수의 데뷔작인 「꿈꾸는 식물」의 한 부분이다.

안개….

자욱했다. 바로 눈앞을 제외하고는 아무것도 보이지 않았다.

우리 집은 장미촌 비탈에서도 제일 언덕배기에 외따로 자리를 잡고 있었다. 그래서 보통 때는 도시 전체를 한눈에 내려다볼 수가 있었다. 그러나 도시는 이제 막막했다. 안개는 이 도시의 하늘도 길바닥도 호수도 건물도 그리고 문명도 현대화도 시끌시끌함도 개떡 같음도 모조리 먹어 치워버린 모양이었다. 사방은 온통 안개에 점령당해 있었다.

나는 내 살이 서서히 풀어져 안개 속으로 스며드는 듯한 착각에 빠지며 대문을 풀었다. 그리고 바른 기침과 함께 대문은 안개 속에서 한쪽 가슴을 열어젖혔다.

누군가가 안개 속에 조용히 서 있었다. 말이 없었다. 그러나 나는 누구시냐고 묻지 않았다.

나야….

한참 후에 상대편은 조용한 음성으로 말했다. 잠결에 듣던 그대로 환청 같은 느낌이었다. 어깨를 축 늘어뜨리고 가만히 내게 손을 내미는 작은 형의 등 뒤로 장미촌의 선정적인 불빛들이 흐린 분홍빛으로 안개 속에 번져있었다….

예문에서 볼 수 있는 것처럼, 금방이라도 손끝에 안개가 묻어날 것만 같은 느낌에 사로잡히고 만다. 독특한 심미적 상황 묘사가 작가의 탁월한 상상력의 솜씨로 문장을 이루고 있음을 볼 수 있다. 앞서 '글쓰기란 곧 문장'이라고 말한 이유도 딴은 여기에 있다.

접속부사 죽이기

명확한 사실이나 근거를 제시할 수 없을 때, 또는 말을 빙빙 돌려야 할 때 으레 찾게 되는 것이 있다. 다름 아닌 접속부사다.

사실 접속부사는 필자에게 첫사랑이었다. 글을 처음 쓰기 시작할 때 가장 어려운 부분이기도 했다. 가장 많은 애를 태웠다.

지금도 마찬가지다. 문장을 써나가면서 가장 애를 먹는 건 접속부사다. 문장과 문장을 이어주면서 뒤의 말을 꾸며주는 접속부사 앞에만 서면, 그만 애증의 갈림길에 빠지고는 만다. 신인 시절부터 출판사 편집자로부터 가장 많이 지적받는 부분도 순전히 접속부사였다.

내게 접속부사는 여전히 아킬레스건이다. 어렵기만 한 첫사랑이 아닐 수 없다.

처음 장편 분량의 원고에 도전했을 때가 생각난다. 그때는 접속부사만 만나면 속이 울렁거렸다. 문장과 문장을 써나갈 때 왜 그리도 어려웠던지. 모르긴 해도 처음 긴 글을 써야 하는 이들이라면 누구나 마찬가지가 아닐 성싶다.

그래서 생각해낸 것이 '접속부사 한눈에 보기'였다. 국어사전과 몇몇 선배 작가들의 문장 속에서 접속부사를 죄다 찾아 모았다. 그런 다음 도화지에다 죄다 적어 넣었다. 도화지를 책상 앞에 붙여두고서 접속부사를 써야 할 때면 그중에서 골라 쓰고는 했다.

지금도 글을 쓸 때면 종종 그 첫사랑에 마음이 흔들리고는 한다. 여기도 써야 하고, 저기도 반드시 써넣어야 할 것만 같다. 쓰지 않으면 의미가 불명확해지지 않을까 괜히 불안해진다. 문장과 문장이 서로 연결되지 않고 생뚱맞게 따로 겉도는 것만 같아 자꾸 눈길이 간다.

한데 언제부터인지 그토록 애를 태웠던 첫사랑도 점점 잊혀가고 있다. 접속부사가 볼펜의 똥 취급을 받고 있는 것이다.

지금은 아예 접속부사를 쓰지 않겠다고 선언한 젊은 작가조차 나오는 상황이다. 다음은 그런 작가들 가운데 정유정의 장편소설 「7년의 밤」을 예문으로 들어본다.

나는 내 아버지의 사형집행인이었다.

2004년 9월 12일 새벽은 내가 아버지 편에 서 있었던 마지막 시간이었다. 그땐 아무것도 몰랐다. 아버지가 체포됐다는 사실도, 어머니의 죽음도, 밤사이 무슨 일이 일어났는지도, 막연하고도 어렴풋한 불안을 느꼈을 뿐이다. 아저씨의 손을 잡고 두 시간여 숨어 있던 세령목장 축사를 나선 후에야, 뭔가 잘못됐다는 확신이 왔다.

목장 길 진입로를 경찰차 두 대가 차단하고 있었다. 붉고 푸른 경광등빛은 오리나무 숲에 피멍을 들이며 돌았다. 빛의 층 위로 날벌레들이 날았다. 하늘은 아주 어두웠고, 안개가 짙었고, 나는 축축한 새벽 공기 속에서 떨기 시작했다. 아저씨는 휴대전화를 내 손에 쥐어주며 잘 간직하라고 속삭였다. 경관은 우리를 경찰차에 태웠다.

차창으로 혼란스러운 풍경이 지나갔다. 부서진 다리와 물에 잠긴 도로, 폐허가 된 거리, 뒤엉킨 소방차와 경찰차와 구급차, 검은 상공을 도는 헬리콥터, 세령댐 저지대라 불리던 마을, 우리 가족이 그동안 살았던….

정말 접속부사를 단 한 군데도 쓰지 않고 있다. 그러고도 문장과 문장이 따로 겉도는 법이 없이 마치 아이들의 미끄럼 타기만큼이나 매끄럽게 서로 연결되고 있음을 볼 수 있다.

물론 국내 독자들로부터 사랑을 독차지하고 있다는 무라카미 하루키의 문장에도 아직은 접속부사가 심심찮게 등장하고는 있다. 황석영의 최신작 「여울물소리」나 조정래의 최근작 「정글만리」를 보더라도 접속부사가 전연 쓰이지 않는 건 아니다.

그렇더라도 접속부사가 문장을 구차하게 만든다는 건 분명한 사실인 것 같다. 긴장과 속도를 떨어뜨려 읽는 힘을 늘어지게 만든다는 건 인정할 수밖에 없는 것 같다.

정갈한 글을 쓰기 위해라면 처음 시작할 때부터 접속부사를 버리는 습관을 기르는 게 바람직하다고 본다. 문장의 요지가 분명하다면 더는 접속부사에 의존할 일이란 그리 많지 않다. 이제는 첫사랑의 애틋함에서 벗어날 때가 된 것이다.

순수한 시각을 지니자

삼십대 중반에 이르자 나는 조바심쳤다. 단란한 가정과 이른바 철밥통의 직장, 주말이면 어린 아들의 손을 잡고 지방 여행을 떠나곤 하는 즐거운 인생이었다. 그러나 마음 한구석에는 늘 채워지지 않는 알 수 없는 허기로 허덕였다. 글을 써보고 싶다는 남모를 열망이 깊어만 갔다.

결국 직장을 그만두었다. 아내에게는 그다음 날 통보했다. 그리고 나선 글을 써보겠다며 방 안에 틀어박혔다. 마침내 일상의 분주함과 허기로부터 해방될 수 있었다.

낮에는 잤다. 밤에는 부스스 일어났다. 커피 한 사발을 벌컥벌컥 들이켜고는 밤새워 글을 썼다.

하지만 성공적이지는 못했다. 몇 해나 도전장을 냈던 신춘문예에는 번번이 최종 단계에서 미끄러지기만 했다.

결국 경기도 광주의 어느 한적한 시골로 내려갔다. 마당 아래쪽에는 맑은 냇물이 졸졸 흘러내리고, 아침이면 산새들이 합창을 하는 한적한 시골 마을에 산방 하나를 얻어 혼자 머물기로 했다.

그러나 도시 생활에 지친 내게 산방에서의 생활이 천국과도 같았던 때문일까? 처절함의 날을 끝내 세우지 못한 채 결국 한 해를 버티지 못하고 그만 서울 집으로 돌아와야 했다.

정말 글을 쓰고 싶다는 생각은 굴뚝같았다. 하지만 도무지 몰입할 수가 없었다. 피 끓는 혈기를 제어하지 못해 스스로 자해하고 또 절망했다.

그럴 때 선배 작가 한 분이 지나가는 말처럼 들려주었다. 아이처럼 '순수한 시각'을 가져보라고 했다. 때 묻지 않은 맑은 눈빛으로 세상의 모든 것에 호기심을 나타냈던 어린 시절로 되돌아가 보라고 일러주었다.

그건 실로 절망 끝에 만난 터닝포인트였다. 단순하고 사소하기 짝이 없는 충고 한마디였으나, 스스로 자해하고 절망했던 그 시절의 내게는 더할 나위없는 구원이었다.

그렇더라도 지금의 해답을 곧바로 찾아낼 수 있었던 건 아니다.

그날 이후에도 한참이나 다듬고, 바꾸고, 또 스스로 환골탈태한 끝에 지금의 해답이 마침내 완성될 수가 있었다.

내가 찾았다는 아이처럼 '순수한 시각'이란 딴 게 아니다. 아이처럼 순수했던 날 가운데 가장 인상 깊었던 기억 하나를 떠올린 것이 첫 시작점이었다.

나는 농촌에서 어린 시절을 보냈다. 마을 앞에는 제법 큰 냇물이 흘러내려 여름이면 아이들의 물놀이터가 따로 없었다. 아침이면 떼 지어 몰려가 종일토록 시간을 보내고는 했던 기억이 새록새록 난다.

한데 마을에서 큰 냇물까지 가는 길 딱 중간쯤에 잠깐 들렀다 가고는 했던 데가 있었다. 거울처럼 투명한 커다란 못 샘이었다. 깊이라야 아이들의 가슴팍 정도여서 바닥이 훤히 들여다보였다. 평평한 못 가운데 간헐적으로 땅바닥에서 물이 펑펑 용솟음쳐 올라왔다. 사람들은 이 못 샘을 '큰샘'이라고 불렀다. 들판에서 일을 하다 목이 마르면 그 시원한 샘물을 떠다 마시고는 했다.

나는 그 어린 시절의 순수했던 날의 기억, 그날 이후 지금껏 세상의 어디서도 다시 볼 수 없었던 그 맑고 투명한 샘물을 아련히 떠올리고는 했다. 그 맑고 투명한 샘물이라는 기억의 프레임을 통해서 세상의 소음과 유혹, 일체의 잡념으로부터 벗어나 순수의 몰입으로 들어가곤 했다. 한번 작정하면 곁에서 굿이 벌어진다 하더라도 원고를 쓸 수 있을 정도의 세계로 몰입할 수 있게 되었음을 고백하지 않을 수 없다.

누구에게나 어린 시절이 있기 마련이다. 그 시절의 인상 깊었던 순수한 체험을 간직하고 있다. 그 낯선 체험이 지금껏 기억 속에 남아있으리라 본다.

정말 글을 쓰고 싶다면 누구나 기억 속에 남아있기 마련인 어린 시절의 그 순수했던 낯선 체험을 떠올려 기억의 프레임으로 구축하길 바란다. 그같이 단순하고 사소한 변화와 느낌만으로도 지금의 질곡을 헤쳐 나갈 수 있는 탈출구가 될 수 있다.

역사의 현장을 거닐어본다

'현장감'이란 얘기를 곧잘 듣게 된다. 현장+감感을 더한 단어로, 실제로 현장에서 보면 생각보다 느낌이 다르다는 뜻으로 일컫는 말이다.

이 단어를 처음으로 절감한 건 오래전 강진의 다산茶山 유배지를 찾아갔을 때였던 것 같다. 그때는 지금처럼 관광지로 개발되기도 전이어서, 찾는 이도 거의 없었다. 마땅한 안내 표시도 없어 읍내에서부터 지나는 사람들에게 물어물어 겨우 찾아갔을 정도였다.

그렇게 할딱할딱 산길을 따라 한참을 또 한참을 오르다, 우거진 동백나무숲을 지나자 마침내 다산초당이 눈앞에 모습을 드러냈다. 아, 여기였단 말인가? 하고 눈길을 드는 순간, 나도 모르게 그만 눈물이 왈칵 쏟아졌다. 사진으로만 보았을 때와는 느낌이 전혀 다른 감정, 다산초당으로 발걸음을 들여놓는 순간 어떤 뜨거운 것이 가슴 깊은 데서 복받쳐 올랐다. 차마 눈물로도 모자랐을 다산의 통한과 절망, 울분과 암담함이 고스란히 되살아나는 것만 같았다.

한데 다산초당과 달리 현장감이 되레 배신감을 안겨줄 때도 없지만 않다. 실제로 생각했던 것보다 기대에 미치지 못해 설령 실감이 나지 않거나, 겨우 이거였어? 하고 낙심하여 그만 발길을 돌리고 말 때도 있곤 한다.

그러나 작가라면 현장의 침묵 앞에 조금 다른 시선을 가질 수 있어야 한다. 영상으로 보았을 때와는 다소 느낌이 다른 감정의 현장이라 하더라도, 실제로 생각했던 것보다 기대한 만큼 못미처 도무지 실감이 나지 않는다 하더라도, 예의 작가만의 시선으로 현장감의 의미를 되짚어볼 필요가 있다. 글쓰기란 결국 그 같은 현장이나 현실을 꼭 집어 축소하거나 확대해서 볼 수 있는 깊은 눈씨이기 때문이다.

> 사람이 온다는 건
>
> 사실은 어마어마한 일이다
>
> 그는
>
> 그의 과거와
>
> 현재와
>
> 그리고

그의 미래와 함께 오기 때문이다

한 사람의 일생이 오기 때문이다

예문은 정현종의 시 「방문객」의 일부이다. 사물의 실상을 꿰뚫어 보는 지혜로운 눈씨가 탁월하다. 작가는 이처럼 현장의 침묵을 관조의 눈씨로 속속들이 바라볼 수 있어야 한다. 글쓰기의 덕목이랄 수 있는 지성知性, 감성感性, 영성靈性(신비로움)의 눈씨로 어떤 감까지도 꿰뚫어 볼 수 있어야만 한다.

나는 작품의 무대가 되는 역사의 현장은 반드시 찾아가 보고는 한다. 역사소설인 「왕의 노래」를 쓸 적에도 예외가 아니었다.

역사소설의 현장인 창덕궁과 창경궁을 자주 찾았다. 창덕궁의 인정전 앞뜰에 줄지어 세워져 있는 품계석 앞에선 역사소설 속에 등장하는 주역들을 떠올려보고는 했다.

정조와 의기투합했던 우의정(정1품) 채제공에서부터, 대립각을 세웠던 노론의 영수인 병조 판서(정2품) 심환지, 그리고 33살의 젊은 병조 참지(정3품) 정약용과 쉰 살의 도화서 별제(종6품)인 천재화가 김홍도 등을 만나곤 했다.

궁궐의 곳곳을 거닐어 보고 혹은 젖어보면서 스스로 느껴보려 애썼다. 그처럼 역사의 현장에서 작가만이 느낄 수 있는 어떤 감을 안고 돌아와 다시금 책상 앞에 앉고는 했던 것이다.

백 년 동안의 상거 이해하기

최근에 다시금 출간되어 나온 필자의 역사소설인 「왕의 노래」는 정조(22대)의 이야기다. 겉 이야기는 억울하게 죽어간 아버지 사도세자의 능묘가 있는 수원 화성으로의 행차를 앞두고, 행차를 강행하려는 정조와 행차를 막으려는 노론 사이에 벌어진 7일 동안의 시간을 역순으로 회상하며 그리고 있는 궁중 암투기다.

그러나 구성 단계에 들어가면서 그만 문제가 생겼다. 속 이야기는 지금까지 얘기되지 않고 있던 그의 '통공通功정책'을 정면으로 다뤄보고 싶었다. 장사를 아무나 할 수 없었던 왕조시대에, 원하는 이는 누구라도 장사를 할 수 있게 하여 백성들의 가난을 덜어주자는 정책이었다. 선초 이래 시행되어온 지엄한 국시일지라도, 가난한 백성들을 위해서라면 마땅히 바꾸어야 한다는 정조의 생각을 낱낱이 들여다볼 작정이었다.

말할 나위도 없이 기득권의 반발은 불을 보듯 했다. 노론의 정파나 사대부가 정조의 뜻에 호락호락 따를 리 만무해서 갈등은 이미 예고된 것이었다.

남은 문제는 지금까지 얘기되지 않으면서 조금은 생소하기만 한 그의 통공정책을 과연 어떻게 부각하여 전달하느냐에 모아졌다. 무엇보다 정조하면 독자들이 너무 많이 알고 있다는 점 또한 구성을 하면서 풀어야 할 과제였다.

궁리 끝에 새로운 구성 문법을 택하기로 했다. 정조와 노론 사이의 갈등을 단 7일간으로 한정시켰다. 수원 화성으로의 행차 이레 전날, 엿새 전날, 닷 새 전날…, 하루 전날 식으로, 밀도 있고 긴박하게 구성하여 긴장감을 갖추도록 한 것이다.

그렇게 한쪽을 막고 나자, 이번에는 다른 한쪽이 삐쭉 불거졌다. 단 7일 동안의 갈등만을 구성하기 위해서는 반드시 어떤 매개 장치가 있어야만 했다. 그렇지 않고서는 두 세력 사이에 7일 동안의 갈등이 불거진 이유를 설명하기가 쉽지 않았다. 난감했다.

결국 7일 동안의 궁중 암투기가 시작되기에 앞서, 앞쪽에다 프롤로그를 따로 만들어 넣기로 했다. 정조와 노론 사이에서 7일 동안 갈등이 불거졌던 1795년 음력 2월에서, 1938년 일제 강점기의 인사동 거리로 시간과 공간을 옮겨 놓았다. 시간과 공간을 옮겨놓은 건 사건의 배경을 보다 단순화할 수 있고, 전지적 시각으로 바라볼 수 있게 하기 위함이었다. 그런 다음 전혀 다른 등장인물들을 통해서, 143년 전에 불거졌던 7일 동안의 갈등 배경을 설명할 수 있게 한 것이다.

그같이 밀도 있고 긴박하게 구성키 위해 갈등을 단 7일 동안으로 한정한 데 이어, 또 그런 갈등이 불거진 이유까지 따로 프롤로그라는 매개를 통해서 해결했음에도 여전히 문제는 남았다. 사건 전개가 한참 절정을 향해 치닫고 있을 때 팽팽하던 빨랫줄이 한순간 뚝 끊어지고 마는 것처럼 49세의 한창때에 정조가 그만 승하하고 만 것이다.

그러면서 어떤 형태로든지 간에 그의 죽음을 둘러싼 문제 또한 담아내지 않으면 안 되었다. 작품의 주인공이 갑자기 왜 죽어 사라져야 했는지, 그날 이후 끊이지 않고 있는 노론에 의한 독살설은 어떻게 볼 것인지, 정조 사후 역사는 다시 어떻게 뒤틀리고 말았는지까지 저자의 몫이었다.

하지만 이 문제 또한 단 7일 동안의 갈등으로 한정해 놓은 구성안에 담아내기에는 한계가 있을 수밖에 없었다. 그렇다고 이야기 얼개를 그 지점에서 그만 멈출 수도, 더욱이 없는 역사를 지어 붙일 수도 없는 노릇이었다. 끝내 역사를 있는 그대로 받아들여야 했다.

> 왕이 죽었다. 왕조 역사상 가장 장엄하다는 을묘년(1795) 화성 행차를 감행한지 불과 5년 뒤였다. 이제 겨우 49세를 일기로 파란만장한 생을 마감하게 되었다….

그렇듯 을묘년 음력 2월에 벌어졌던 단 7일 동안의 궁중 암투기, 처음 그 사건을 시작했을 때의 흐름에 따라 이야기 얼개를 결말지어 대미를 장식하지 않으면 안 되었다. 또 앞서 얘기한 것처럼 그가 왜 갑자기 죽어야 했는지, 독살설은 어떻게 볼 것인지, 역사는 다시 어떻게 뒤틀리고 말았는지까지 역시 역사의 흐름을 따를 수밖엔 없었다.

그런 문제를 해결하기 위한 별도의 장치가 에필로그였다. 맨 앞쪽의 프롤로그와도 같이 맨 뒤쪽에 에필로그를 따로 만들어 붙이는 작업이었다. 극히 짧은 분량이었으나 평생 왕이 몸부림쳐 온 개혁의 의

미와 함께 독살설을 작가의 눈으로 되새겨 넣는 한편, 갑작스런 왕의 죽음으로 말미암아 왕조의 말기 풍경은 또 어떻게 변모해갔는지까지도 함께 아우르는 장이었다.

또 그 같은 장이, 다시 말해 왕이 죽고 난 이후 왕조의 말기 풍경까지를 한눈에 꿰기 위해서는 사건 이후 백 년 정도의 역사를 두루 살피고 이해해야 했다. 극히 짧은 분량이었지만 그렇지 않고서는 결코 해결할 수 없는 부분이었다.

흔히 역사 글쓰기를 할 때면 꼭 자신이 쓰고자 하는 (사건)소재만을 한정시키고 집중케 되기 마련이다. 필자 또한 번번이 그랬던 것 같다.

그러나 짤막한 에필로그를 따로 붙일 수밖에 없는 상황에서 (사건)소재를 중심으로 한 백 년 전후의 상거는 분명 색다른 구성이었다. 전연 예상치 않은 또 다른 세계를 비춰볼 수 있었다.

물론 이 같은 장치는 나로서도 처음 시도해본 문법이었다. 궁여지책으로 만들어 붙인 것임에도, 역사의 흐름을 전후까지 한눈에 꿸 수 있다는 점에서 쓰는 작가나 읽는 독자 모두에게 유익했음을 고백하지 않을 수 없다. 그것이 역사소설이든, 아니면 역사평설이나 인물평전이라 할지라도 역사라는 하나의 모태에서 태어나 떼려야 뗄 수 없는 같은 혈육 때문이런가….

4

제4장

원고 집필을 위한 조건들

인생은 눈 위에 남겨진 기러기 발자국 같은 것.
應似飛鴻沓雪泥

– 소동파

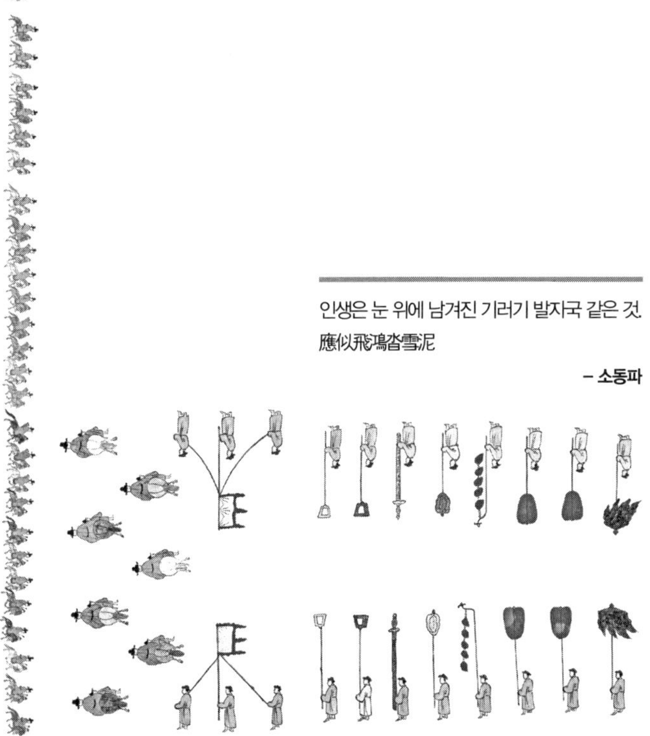

제 4 장

원고 집필을 위한 조건들

첫 결심을 잊지 말자

① 첫 결심으로 돌아가고 또 가기

첫 결심으로 돌아가라. 기본이 무엇보다 중요하다. 모두 다 안다고 생각했겠지만, 막상 처음 작업에 들어가려 하면 누구나 혼란에 빠져들기 쉽다. 혼란에 빠져들지 않으려 한다면 적어도 다음 두 가지는 당장 실행해야 한다.

물론 역사소설이나 역사평설, 인물평전을 써보겠다고 하는 이라면 적어도 이쯤은 넘어섰다고 스스로 단정 짓기 쉽다. 그렇더라도 한 번쯤은 인내심을 갖고 이 장을 끝까지 읽어두었으면 한다. 체력이 강해야 보다 멀리 갈 수 있음을 깨달았으면 싶다.

그다음으로는 이제부터 점차 얘기하게 될 착상 만들기, 주제 만들기, 구성 만들기, 등장인물 만들기, 시점 만들기, 독창성 만들기 등의 소제목만을 따로 메모해두길 바란다. 소제목과 함께 다시 소제목의 소제목까지 메모하여 수시로 볼 수 있도록 책상 옆 자신의 눈높이에 붙여두었으면 한다. 지금 자신이 써가고 있는 작품에서 그런 점은 또 어떻게 해결되고 있는지 한눈에 비교 확인을 가능하게 하기 위함이다.

더욱이 그 같은 확인은 처음 떠나는 지평 위에서 다시없는 길잡이가 되어준다. 첫 작업의 혼란에서 자신을 지켜주는 등대가 되어줄 것으로 확신한다.

그러나 첫 번째 역사 글쓰기를 모두 끝마친 다음에는 마땅히 뜯어서 버려라. 이제 그 임무를 충실히 마쳤으니. 그것으로 이미 충분하다. 두 번째 작품부터는 더 이상 필요로 해서도 안 된다. 자칫 카테고리에 갇히고 말 수도 있기 때문이다.

② 그 막막한 백지의 공포에서 벗어나기

짐작하였겠지만, 어떤 (역사적 사건이나 인물의)착상을 역사 글쓰기로 발전시켜 작품으로 만들기 위해서는 몇 가지 전제 조건이 필요하다. 무엇보다 선택적이고 효과적인 자세, 조건, 방법 등을 그 사용 수단으로 삼아야 한다.

또 그 같은 자세, 조건, 방법 등을 통해서 이야기 얼개를 보다 구체적으로 전개해나가기 위해서는 우선 몇 가지 사항을 결정하지 않으면 안 된다. 예컨대 이야기 얼개의 시작점이 되는 어떤 착상이라든가, 주제, 구성, 등장인물, 시점, 반전 따위가 그것이다.

물론 이런 것들이 반드시 다 필요한 것일까? 하고 물을 수도 있다. 필요하더라도 이쯤은 진작 속속들이 꿰어 알고 있다고 자부할 수도 있다.

그러나 다시금 상기하기 바란다. 지금껏 누차 한 얘기이겠지만, 이 같은 결정 사항들이야말로 장편이라는 망망대해를 홀로 항해할 때 끝까지 항로를 잃지 않고 목적지에 도착할 수 있는 항법 지도와도 같은 것임을. 누구나 처음 시작할 때 빠져들기 쉬운 '그 막막한 백지의 공포'를 극복하게 할 수 있는 거의 유일한 장치임을. 더구나 작품의 수준을 높이는 데도 결코 빼놓을 수 없는 바탕이 된다는 사실을 말이다.

그런 만큼 부담 없이 읽어나갔으면 한다. 이쯤은 벌써 충분히 육화시켰다 하더라도 읽어가면서 한 번쯤 확인하는 절차 정도는 거치길 바란다.

착상 만들기

① 착상이란 작품의 출발을 위한 첫 움직임이다

'착상'이란 곧 작가가 처음 만나게 되는 작품의 아이디어를 뜻한다. 어떤 작품을 쓰기 위한 정서적 첫 깨달음 또는 출발의 움직임이라고 정의할 수 있다. 그리고 이것은 이야기 얼개나 구성, 주제를 세우는 데 역시 첫 출발점이 되어주기도 한다.

또 이 같은 출발의 움직임은 작가로 하여금 집필에 들어갈 수 있도록 무작위로 떠오르는 어떤 첫 영감으로부터 비롯되기 마련이다. 예컨대 '어떤 무엇을 써보고 싶다'는 열망에서부터 점화된다는 얘기다.

그런 만큼 역사라는 광야에서 만나게 되는 크고 작은 사건 또는 시야에 들어오는 모든 인물이 여기에 해당한다. 작가에게 그 같은 착상을 제공할 수 있는 요소들이 될 수 있다.

물론 처음에는 지극히 단순하면서도 스쳐 지나가는 정도의 아주 피상적이고 사소한 움직임에 불과한 것일 수도 있다. 하지만 그것이 작가의 의식 속에 포착되어 증폭될 수 있을 때 하나의 착상으로서 작품으로까지 확대되기 마련이다.

예컨대 필자의 역사소설인 「왕의 노래」의 착상은 어느 날 지극히 단순하면서도 스쳐 지나가는 정도의 피상적인 질문에서부터 비롯되었다. 주말이면 광화문 앞을 지나 집으로 돌아오고는 하는데, 그 길목을 어김없이 에워싸고 있는 수많은 경찰의 날 선 눈빛과 즐비하게 늘어서 있는 경찰버스를 목격하면서 문득 이런 질문을 던지게 되었다.

(…내가 만일 정조 임금이라면?)

그 막연한 첫 질문을 던지면서부터였다고 할 수 있다. 당대 그의 고뇌를 떠올려보고, 또한 주변 그림을 조금씩 메모해나가기 시작한 것이 첫 시작점이었다. 이내 착상으로 이어지기에 이른 것이다.

착상이란 이렇듯 비단 스쳐 지나가는 정도의 피상적이고 사소한 움직임에서만 싹트는 건 아니다. 착상은 오히려 모든 제약으로부터 자유롭다고 말할 수 있다. 어떤 것은 순간적으로 영감이 떠올라 착상으로 이어질 수도 있겠지만, 또 어떤 것은 그 지점으로부터 시간이 한참 지난 뒤에라야 이루어지는 경우도 있다. 그런가 하면 고정되어 있는 어떤 사건이나 인물 속에서 발견해내는 경우도 있다.

김성종의 대표 작품이랄 수 있는 대하소설 「최후의 증인」이 여기에 해당된다. 대하소설 「최후의 증인」을 김성종은 고향의 실존 인물에서 착상을 얻었다고 직접 전해 들었다. 6.25전쟁이라는 민족상잔의 비극이 빚어낸 인물'황바우'의 행적이나 성격 묘사까지를 고스란히 옮겨와 대하소설로 증폭시킬 수 있었다고 한다.

이렇게 보면 착상은 작품을 구성하는데 그 실마리가 되어주기도 하지만, 나아가 작품의 주제를 세우는 데도 결정적인 영향을 지배한다는 사실 또한 알 수 있다. 요컨대 작품의 크기가 착상 때 이미 결정되어 진다는 사실이다.

② 착상의 주요 동기는 대부분 작가의 직접 체험에서 얻어진다.

작가의 의식 속에 포착되어 작품의 아이디어로까지 증폭시킬 수 있는 착상을 얻어내는 방법은 실로 다양하다. 작가의 체험이나 선택이랄지, 역사라는 광야에서 만날 수 있는 어떤 사건이나 인물이랄지, 혹은 김성종의 「최후의 증인」과 같이 주변의 실존 인물을 통해서도 작품을 낳게 할 수 있다.

앞서 얘기한 것처럼 필자의 첫 역사소설인 「명성황후를 찾아서」의 착상 또한 그렇게 얻어졌다. 아들을 데리고 경복궁으로 봄나들이를 나갔다가 아주 우연찮은 직접 체험으로 얻게 된 것이다.

이렇듯 착상을 얻게 되는 주요 동기는 대부분 작가의 직접 체험 속에서 찾아지기 마련이다. 또 그런 직접 체험에 가까울수록 동기를 깊숙이 관통할 수 있어 작품을 낳을 수 있는 확률이 그만큼 높아진다고 볼 수도 있다.

다음은 로버트 메에디트와 존 피츠제럴드가 함께 쓴 「소설의 구조Structuring Your Novel」에서 착상을 작품으로 증폭시키는 13가지 방법을 참고한 것이다.

- 착상은 자신의 실제 경험을 바탕으로 한다.
- 자신이 체험했거나 가능성이 있는 사건을 근거로 착상을 만든다.
- 자신이 직접 보고 들은 체험을 통해서 착상을 얻는다.
- 역사적 사건, 인물도 착상의 근원 가운데 하나다.
- 주위의 지인들이 제공하는 착상도 있을 수 있다.
- 어떤 대상에 대한 혐오감 속에서도 착상을 얻을 수 있다.
- 어떤 대상을 열렬히 지지하는 감정 속에서도 착상을 얻을 수 있다.
- 현재 발생한 어떤 사건, 또는 신문에서도 착상을 얻을 수 있다.
- 우연한 사건에서도 착상을 얻을 수 있다.
- 비록 직접 체험해 보지는 않았다ㅠ하더라도 모험에 대한 간절한 열망도 착상이 될 수 있다.
- 새로 나온 발명품도 착상의 근원이 될 수 있다.
- 돌발적인 사회적 격변도 착상의 근원이 될 수 있다.

주제 만들기

① 주제는 왜 중요한가

역사 글쓰기 곧 역사소설이나 역사평설, 인물평전에서 웬 '주제'냐고 물을 수도 있다. 그냥 역사 속의 사건이나 인물을 보다 명확하게 또는 자신의 해석으로 그려내었다면 그만이 아니냐고 말할는지도 모르겠다.

그렇지 않다. 마지막 책장을 덮기 전에 사건이나 인물을 명확하게 또는 자신의 해석으로 그려낸 것 못잖게 반드시 짚고 넘어가야 할 것이 있다. 다름 아닌 '역사 속의 사건이나 인물, 혹은 역서 속의 인물이나 사건이 왜 그렇게 전개되었는가?'라는 결과에 대한 또 다른 의문 제기가 있어야 한다.

그렇다. 역사 글쓰기의 주제는 바로 거기서부터 움튼다.

그러니까 작가가 역사 속의 사건이나 인물 안에서 무엇을 쓰고자 하는 어떤 핵심적인 것, 또한 독자가 거기에 도달하는 결론을 일컬어 흔히 주제theme라고 말한다. 작가가 의도적으로 표현하려는 이 같은 정신적인 목적의 성취야말로 작품의 수준을 가늠하는 척도가 될 수 있다. 주제의 중요성이 강조되는 이유다.

잘 만들어진 역사 글쓰기의 작품을 읽다 보면 정말 정교하다는 탄성이 절로 나온다. 사건이나 인물이 보여주는 욕망과 질투, 원한과 갈등, 선과 악이 교차하는 인간 본성의 몸뚱이가 적나라하게 그려지고 있음을 볼 수 있다.

앞서 예를 든 김성종의 「최후의 증인」만 해도 그렇다. 한국전쟁이라는 민족상잔의 비극과 그로 말미암아 빚어진 씻을 수 없는 인간들의 원한과 갈등, 또한 그것을 극복하고자 하는 새로운 인간성의 발견이라는 감명 깊은 주제를 어렵지 않게 만나게 된다.

이처럼 주제란 작가가 추구하고자 하는 어떤 핵심적인 의미, 따라서 겉으로는 좀처럼 드러나지 않더라도 작품 속의 깊은 강으로 소리 나지 않게 면면히 흘러내려 일관되게 이야기를 이끌어가는 모태라고 할 수 있다.

② 주제는 우선 자신의 역량에 맞는 것을 고를 것

몇 번을 강조하지만, 역사는 사실 그대로의 기록이어야 한다. 기필코 술이부작述而不作이어야 마땅하다. 옳은 이야기다. 모르기는 해도 역사 글쓰기를 쓰는 작가라면 누구나 가장 애쓴 부분이 그 대목이리라. 그렇지 않다면 허무맹랑한 이야기에 불과하기 때문이다.

하지만 또 몇 번을 강조하지만, 역사 글쓰기를 쓰면 쓸수록, 역사를 깊이 들여다보면 볼수록 그 같은 역사란 눈을 씻고 보아도 있지 않다. 아마 앞으로도 없을 것이란 생각이 든다.

역사 글쓰기의 작가들이 바이블처럼 여기는 「조선왕조실록」만 해도 그렇다. 거기에 기록된 왕과 신료들의 그 숱한 대화 역시 모두가 사실이라고 말하기 어렵다. 거기에도 다 줄이거나 늘이고, 바꾸거나 붙인 구석이 없다고 누가 단언할 수 있겠는가. 역사는 항상 다시 쓰인다고 말하는 것도, 차라리 술이작述而作이라고 고백하는 것도 딴은 그 때문이 아니겠는가.

마찬가지로 역사 글쓰기에서 등장하는 인간들의 행위나 모습은 대부분 재창조되기 마련이다. 물론 분명한 전제가 뒤따른다. 그 같은 인간들의 행위나 모습에서 아직 누구도 발견하지 못한 새로운 의미가 담겨있어야 한다는 점이다. 새로운 의미를 담지 못한다면 주제를 부각하는데 설득력이 떨어지기 때문이다. 어떠한 힘도 쓰지 못하게 된다는 얘기다.

그렇다고 특별히 이상한 이야기라든가, 거창한 얼개만을 뜻하는 것은 아니다. 지극히 보편적인 인물이나 일반적인 사건을 다루고 있으면서도 그것을 색다르게 해석할 수 있어야 하며, 또 그 가운데서 새로운 의미를 찾아내어 제시할 수 있어야만 한다.

그러기 위해서는 먼저 자신의 역량으로 소화할 수 있는, 무엇보다 자신 있는 주제를 채택하는 것이 중요하다. 작가 자신의 직접 체험이면 더할 나위가 없겠지만, 그럴 수 없다면 자신에게 비교적 이해의 폭이 넓은 주제를 선택하는 것이 그 같은 목적 달성을 위해서 바람직하다.

그렇지 않고 의욕만을 앞세운 나머지 감당하기 어려운 주제를 붙든다면 그건 보나 마나 끔찍한 작업이 될 수밖에 없다. 더구나 그런 작품의 이야기 얼개일수록 대개 지리멸렬하기 마련이다. 독자에게 이렇다 할 실감을 안겨주지 못할뿐더러, 그로 인하여 대부분 실패작으로 끝나는 경우가 많다. 굳이 주제에 욕심이 난다면 단련을 더한 다음에 써도 결코 늦지 않다.

③ 주제는 대개 결말 부분에서 강조되는 것이 좋다

역사 글쓰기를 하는데 주제는 작품의 분위기에서도, 등장인물의 행동에서도, 또는 이야기가 전개되는 얼개 속에서도 겉으로 드러나 노출되는 경우가 극히 드물다. 대개 작품 속의 배후에 숨어 깊은 강으로 소리 나지 않게 면면히 흐르면서 하나의 통일된 흐름으로 이야기의 얼개를 이끈다.

그러다 끄트머리에 가서 비로소 드러나는 것이 하나의 문법처럼 되어 있다. 결말 부분에 이르러서야 사건이나 인물 정리와 함께 마침내 분명하게 밝혀짐으로써 이야기 얼개를 최종적으로 정리하는 방식을 취하게 되기 마련이다. 주제는 이처럼 대개 결말 부분에서 강조되는 것이 실패를 줄일 수 있는 정석이다.

구성 만들기

처음으로 가는 길은 누구나 불안할 수밖에는 없다. 장편 분량이라는 긴 글을 처음 쓰게 될 때는 더욱더 그러하다. 그야말로 망망대해에 나 홀로 버려진 느낌이 든다. 어떻게 그 끄트머리에 다다를 수 있을지 먹먹해지는 순간의 연속이다. 구성이란 그같이 망망대해를 처음으로 항해하는 작가의 방향타다. 망망대해의 끄트머리에 다다를 때까지 길잡이가 되어주는 항법 지도와도 같은 것이다.

구성 곧 플롯plot이란 용어는 아리스토텔레스가 자신의 저서인 「시학詩學」에서 사용한 미토스mythos에서 유래한 말이다. 그가 사용한 개념은 '행동의 모방' 혹은 '행하여진 것의 결합'이라는 고전적인 의미였다.

그런 플롯의 개념은 이후 일반적으로 사건과 행동의 전개, 즉 작품의 (구조) 구성을 뜻하는 협의의 의미로 사용되어 오고 있다. 예컨대 플롯은 작품의 이야기 얼개를 전개해 나가는 뼈대, 그 작품의 진행을 일목요연하게 책임지는 설계도와도 같은 것이라고 볼 수 있다.

하지만 오늘날의 일반소설에서는 장편 단편 할 것 없이 이런 일정한 플롯이 없는 경우도 많다. 예컨대 최수철의 「공중 누각」이라든가, 러시아 작가 안톤 체홉의 작품이 대표적인 사례라고 할 수 있다. 더욱이 이 같은 새로운 (플롯)형식은 앞으로도 폭넓게 더 확산할 것으로 내다보인다.

그렇다 하더라도 역사 글쓰기 중에서 특히 역사소설이 일반소설과 다른 점이라면 전통적으로 플롯을 고수한다는 점이다. 작품의 처음부터 끝까지 사건이나 인물이 만들어지는 플롯에 따라 반드시 일관된 논리로 이야기의 발단과 전개, 그리고 결말까지가 변함없이 요구되고 있다. 그런 만큼 역사소설에서 플롯을 만드는 감각을 익히는 작업이야말로 역사소설 더 나아가 역사 글쓰기의 수준을 높이는데 중요한 위치를 차지한다는 걸 강조하지 않을 수 없다.

다음의 예문은 구성의 전형을 보여주는 작품이다. 1952년 영국 런던의 세인트 마틴 극장의 무대에 올려져 초연된 이래, 무려 40년 가까이 공연된 애거사 크리스티의 대표작 「쥐덫」의 추리소설 구성을 요약해본 것이다.

① 어느 날 라이언 부인의 집에 정체불명의 사내가 방문한다. 사내는 '세 마리의 눈 먼 쥐'를 콧노래로 흥얼거리며 라이언 부인을 살해한다.

② 자일즈와 몰리 부부는 몰리 숙모의 유산으로 몽크스웰 산장호텔을 운영하고 있는 데, 호텔 투숙객으로 퇴역 관리 레인과 콧대 높은 보일 부인이 나타난다.

③ 한편 패밍터 경감은 사고 현장 근처에서 가스 배관 일을 하던 목격자들로부터 수첩을 건네받게 된다. 그리고 그 수첩에 쓰여 있는 몽크스웰 산장호텔 주소를 주목한다.

④ 다음날 메트커프 퇴역 소령이 산장호텔의 투숙객으로 다시 들어오고, 그날 밤 폭설 때문에 예정에 없던 파라비치니까지 산장호텔로 찾아온다.
한데 산장호텔 주인인 자일즈는 메트커프 퇴역 소령의 정체에 대해 의심한다.

⑤ 몰리 부인이 경찰서에서 걸려온 전화를 받는다. 이어 트로터 형사가 산장호텔에 도착하여 범인의 수첩을 제시하면서 위험을 경고

한다. 그러나 폭설로 외부와 단절되면서, 그날 밤 산장호텔에 투숙 중이던 보일 부인이 살해된다.

⑥ 몰리 부인은 자기 남편 자일즈를 의심한다. 한편 산장호텔 투숙객 모두가 트 로터 형사 앞에서 자신들의 알리바이를 입증하는데, 돌연 트로터 형사의 가짜 신분이 밝혀지면서 몰리 부인이 위험에 처하게 된다. 가짜 형사 트로터는 자신의 불우했던 어린 시절과 몰리 집안과의 원한으로 그녀를 죽이려고 한 것이다. 바로 그때 메트커프 퇴역 소령이 나타나 몰리 부인을 위험에서 구하는 한편 가짜 형사 트러터를 체포한다. 사실은 퇴역 소령 메트커프가 진짜 형사였던 것이다.

예문으로 든 「쥐덫」에서 ①번과 ②번, 곧 라이언 부인의 살해와 함께 산장호텔에 퇴역 관리 레인과 보일 부인의 투숙까지가 이야기 얼개의 '발단'이 되는 셈이다. ③번의 패밍터 경감이 목격자들로부터 수첩을 건네받으면서 산장호텔을 주목하는 것, 그와 함께 ④번의 메트커프 퇴역 소령과 폭설 때문에 발이 묶인 파라비치니의 투숙은 이야기 얼개의 '전개' 부분에 해당한다. ⑤번의 트로터 형사가 산장호텔에 도착하여 범인의 수첩을 제시하면서 위험을 경고하지만, 그날 밤 보일 부인이 살해되고 마는 건 이야기 얼개의 '절정' 부분이다. 마지막으로 ⑥번에서 트로터 형사가 가짜로 밝혀지면서, 어린 시절의 원한 관계로 산장호텔의 주인인 몰리 부인을 살해하려 든다. 이때 메트커프 퇴역 소령이 몰리 부인을 구해낸다. 메트커프 퇴역 소령이 진짜 형사였던 것이 이야기 얼개의 '결말' 부분으로 나누어 볼 수 있다.

그럼 구성의 4가지 기초 단위라고 볼 수 있는 발단, 전개, 절정, 결말에 대해 좀 더 구체적으로 살펴보기로 하자.

① 발단發端

발단exposition은 역사 글쓰기 중에서 처음 시작되는 부분을 일컫는다. 또 이 첫 부분에서 작품 전체의 형식과 내용을 결정짓기도 한다. 그래서 기본적으로 등장인물, 사건의 실마리, 작품의 분위기가 바로 이 첫 부분에서 비쳐야 한다.

"가자."

"어디로 말입니까?"

"더러운 동네. 이 경성 바닥에서 가장 더러운 동네로 가자."

1938년 여름의 한낮이었다. 경성의 길거리는 아침부터 찔 듯 무더웠다. 거리마다 열기로 후끈거렸다. 그 후끈거리는 열기가 자꾸만 짜증스러웠다. 얼굴을 잔뜩 일그러뜨린 사내는 퉁명스럽기만 했다. 인력거에 오르자마자 다짜고짜 하대부터 하고 나섰다.

인력거꾼은 아무 소리도 하지 않았다. 하얀 구두에 개화 양복을 그럴싸하게 차려입은 미끈한 차림새도, 표정이라곤 없는 차가운 얼굴 때문만도 아니었다. 백지장처럼 창백한 얼굴 속의 퀭한 두 눈동자와 마주친 순간, 인력거꾼은 그가 아편쟁이임을 단번에 알아차렸다. 며칠 전에도 이런 아편쟁이를 태웠다가 정강이를 걷어차인 적이 있은 터였다.

"…?"

"내 말이 들리지 않느냐?"

"더러운 동네라 하시면?"

잠시 망설이던 인력거꾼이 이내 알았다는 듯이 주억거렸다. 인력거꾼은 방향을 남쪽으로 힘차게 돌려세웠다.

"지금 어디로 가려고 그러느냐?"

"경성 바닥에서 가장 더러운 동네라면, 아무래도 황금정(지금의 을지로)을 말하는 것이 아니겠습니까?"

인력거꾼은 거의 확신했다. 그런 음성으로 사내를 힐끗 돌아보았다.

"어찌 그렇다고 생각하느냐?"

"거야 왜놈들의 상업 지역으로, 그야말로 돈이 바글바글하다 해서 거리 이름조차 황금정이 아니겠어요?"

"그래서 가장 더러운 동네란 말이냐?"

"다들 그렇게 알고 있습죠. 우리 같은 인력거꾼은 말에요."

"틀렸다."

"틀렸다구요?"

"경성 바닥에서 가장 더러운 동네는 따로 있다."

"네에?"

"대사동(인사동)이다. 거기가 가장 더러운 동네다."

"대사동이요…?"

인력거꾼은 두 눈을 동그랗게 떴다. 뜻밖의 소리에 기도 차고 놀랍기도 했다.

"그럼 거기 말고 또 그같이 더러운 동네가 어디에 있단 말이냐."

사내는 가보면 안다고 했다. 가보고도 모르겠거든 두고두고 생각해보라고 일렀다. 그렇게 이르고 나선 앙상한 다리를 꼬나 얹었다. 후끈거리는 햇볕이 또다시 짜증나는지 인력거의 검은 장막을 와락 닫아버렸다….

예문은 필자의 역사소설인 「왕의 노래」의 처음 시작하는 부분이다. 이 작품의 첫 시작 부분은 몰락한 왕조의 왕가나 반가에서 은밀히 흘러나오는 골동품들이 일본 상인들에게 거래가 이뤄진다는 일제 식민시대 경성의 대사동 거리를 배경으로, 정체를 알 수 없는 사내가 등장하여 무언가 사건이 전개될 조짐을 암시하고 있다.

이처럼 전체를 보여주고 있지 않으면서도 기본적으로 등장인물, 사건의 실마리, 작품의 분위기가 제시되는 맨 첫 부분, 이 첫대목이 흔히 작가들이 가장 공력을 많이 들인다고 하는 작품 구성에서의 발단이라고 말할 수 있다. 또 이 같은 발단을 다시 몇 가지 방법으로 나누어 보면 다음과 같다.

• 단순한 출발

성종대왕 십팔 년 섣달 초순, 세자 연산燕山은 대왕대비와 왕대비전殿을 거쳐 대전으로 아침 문안을 드리러 들어갔다. 아바마마에게 절을 드리고 빨리 자리를 빠져나가고 싶었으나 세자는 무릎을 꿇고 그 자리에 오도카니 앉아 참았다.

"춥지 아니하냐?"

상감은 자애로운 눈매로 어린 세자를 물끄러미 들여다보면서 나직이 물었다.

"봄날 같은 날씨올시다."

"시강원侍講院(세자가 공부하는 곳)에는 제 시간에 나가느냐?"

상감은 당신이 글을 좋아하고, 글씨만 하더라도 역대 제왕뿐만 아니라 당대에도 뛰어나게 쓰고 있어서 세자가 당신을 닮기를 바라 늘 신경을 쓰고 있었다.

"예."

세자는 얼른 대답했다….

예문은 박연희의 역사소설인 「연산군」의 첫 시작 부분이다. 이 작품의 발단은 매우 단순하게 출발한다. 궁궐 안의 어느 한적한 날 아침, 아버지 성종과 아들 연산의 일상이 마치 수묵화처럼 담담하게 그려지는 것으로 시작되고 있음을 볼 수 있다.

• 암시적 출발

"대감, 부산진 첨사 정발이 대감께 보낸 비보이옵니다."

"…?"

경상 감사(지방의 최고 수령) 김수金睟는 밤이 깊어 잠자리에 들 즘 수하의 충복으로부터 문득 고하는 소리를 들었다.

"…안으로 가져오너라."

김수의 음성은 차분하고도 또렷했다. 그러나 그는 부산진 첨사(지역 경비대장)가 보낸 비보라는 소리에 잠시 낯을 찌푸렸다. 동래 부사(지역 수령) 송상현을 거치지 아니하고 감사인 자신에게 곧바로 보낸 데 대한 불만이었다.

"하온데 대감, 비보는 비보이오나 따로 서찰이 없이 첨사가 수하에 부리던 몸종을 대신 보내왔습니다. 하오나 어찌 급한 내용이라고 우기는지라, 차마…."

긴 문장을 단숨에 읽어 내려가듯 별감이 빠르게 덧붙였다. 그러다 행여 감사로부터 역정이나 듣지 않을까 말끝을 흐렸다.

"상관없느니라. 서찰이든 몸종이든 비보라니. 어디 들어나 보자."

"하오면…."

별감은 그제야 조심스레 방문을 북북 열어젖혔다.

김수는 촛대 아래 정좌하고 앉아 방 바깥을 물끄러미 바라보고 있었다. 잠옷 차림이기는 하였으나, 꼿꼿한 자세에 늠름하고 진중한 기상은 언제 보아도 오만한 의지가 짙게 묻어나는 인상 그대로였다.

"뭣 하고 있는 게냐? 감사 나으리께 닁큼 고하지 않고."

김수의 눈길이 방 바깥 대청마루에 납작 엎드린 정발의 몸종 허만추에 이르자 별감이 나서 그자를 닦달했다.

"대감…, 큰일 났사옵니다! 큰일이 났사옵니다!"

경상 감사를 보자 허만추는 어찌할 바를 몰라 우선 머리부터 조아렸다.

"서둘지 말고 차근차근 말해보아라."

김수는 꼼짝 않고 앉아 허둥대는 허만추의 시선을 애써 외면하고 있었다.

"그러니까 어제 오후 늦게…."

"어려워 말고 말해 보래두."

김수는 우물거리는 허만추를 비로소 쏘아보았다.

"네, 대감 나으리…."

부산진 첨사 정발이 자신의 몸종 허만추를 보내 전한 비보는 실로 어이가 없는 것이었다….

이 작품은 필자의 역사소설인 「진주城 전쟁기」의 첫 시작 부분이다. 이 작품의 발단은 매우 긴박한 느낌을 전해주고 있다. 이미 발단에서부터 앞으로 전개될 이야기의 분위기나 상황을 고조시킨다는 작가의 의도를 어렵잖게 엿볼 수 있게 한다.

• 극적인 출발

그날 밤 일본인들은 순 후레자식들이었다. 아니 차라리 피에 주린 한 무리의 짐승에 더 가까웠다고 말할 수밖에는 없다. 그들 자신조차도 '역사상 고금 미증유의 흉악한 짓'이라고 지적했을 정도로, 잔악한 야수와 조금도 다를 바가 없었던 것이다. 그리고 그것은 이제부터 본격적으로 펼쳐질 일본의 대 조선 침략의 서곡이기도 했다….

예문은 필자의 역사소설인 「명성황후를 찾아서」의 첫 시작 부분이다. 이 작품의 발단은 매우 과감하고 즉각적인 분위기로 첫 부분을 열고 있다. 이처럼 과감하고 즉각적인 분위기로의 출발은 작가의 의도와 독자와의 거리가 그만큼 짧은 순간에 만날 수 있다는 장점이 있다.

• 독백으로 시작되는 출발

세자 저하, 나의 아들이여, 저하에게 어찌 이를 이르리이까? 곤히 잠든 저하의 숨소리에 귀 기울이며 저녁나절을 보냈습니다. 노란 수단繡緞 천 물결무늬 용상 한가운데 동그마니 놓인 고귀한 저하의 갈색 머리는 강가에 버려진 밤송이보다 더 외로워 보였습니다. 저하의 왼쪽 눈꺼풀 위로 내비친 가느다란 혈관에 가만히 입술을 가져다 대며, 오늘날 내게는 소진되고 없는 힘을 저하의 젊음 속에서 길어 올리기 위해 숭고한 저하를 깨물까도 생각해 보았습니다.

세자 저하에게 이를 어찌 이르리니이까? 나는 저하와 우리 백성을 위해 거대한 산을 쌓아 올리기를 꿈꾸었고, 결국 그렇게 해냈습니다. 언젠가 저하를 대적할 가능성이 있는 자들은 모조리 제거해버렸습니다. 궁궐의 대문과 지붕의 용마루들, 거리를 지키는 해태상들이 저하를 수호하며, 매일 아침 회색 승복을 차린 승려 수천 명이 저하를 위하여 금강경을 송독하고 있습니다. 나는 삼천리 금수강산인 이 땅을, 영근 이삭이 고개를 숙이고 지붕 위에 호박넝쿨이 뒹구는 평화롭고 복된 곳으로 만들고자 했습니다. 또한 나는 저하의 부친 되시는 주상 전하와 이 조선과 구천을 떠도는 혼령들의 세계를 차례차례 정복하고자 했습니다. 위대한 세자 저하께서는 이 나라를 이어받아 마땅합니다. 이 나라는 저하의 것입니다. 이 산하의 눈 덮인 산봉우리들, 맑은 물이 넘실대는 작은 만灣들과 찬 이슬 아래 불꽃같이 타오르는 단풍나무들은 경탄할만한 조선의 보석들입니다….

예문은 프랑스 태생의 줄리에트 모리오 작가가 서울대 교수 시절 쓴 역사소설인 「운현궁」의 첫 시작 부분이다. 이 작품의 발단은 순전히 지난날을 되돌아보는 독백으로 출발하고 있다는 점이 눈에 띈다. 잠이 든 어린 아들 세자의 곁에 앉은 어머니 명성황후의 독백으로부터 발단이 시작되고 있음을 볼 수 있다.

이 작품에서 볼 수 있는 것처럼 등장인물의 독백이나 자문자답으로 발단이 시작되는 방법이 있는가 하면, 그밖에도 계절이나 시간,

어떤 특정 공간이나 지역, 꿈, 상징성이 강한 시나 노래, 편지, 종교 의식 등 여러 가지 형식으로 작품의 발단을 출발시킬 수 있다.

• 회상으로부터 시작되는 출발

처음에는 아주 태연하기만 했다. 아무런 대꾸조차 하지 않았다. 끝모를 정적만이 깊디깊어 마치 벌판 안으로 걸어 들어가는 것만 같았다. 그러나 안으로 조금 더 들어서자 이내 수줍어 슬며시 자리를 내어주었다. 손을 내뻗으면 저만큼 스르르 물러나 앉고는 했다.

…물안개였다.

한강 나루는 온통 은빛 물안개로 뒤덮여 있었다. 마법에라도 걸려 시간이 멈추고 만 듯 모든 것이 나른하기만 했다. 조바심치는 거라곤 어디에도 보이지 않았다.

순간, 기우뚱하고 몸이 한쪽으로 기울어 들었다. 강물 위로 스르르 미끄러져 나아갔다. 놀란 물새들이 푸르릉, 허공으로 날아올랐다. 은빛 물안개가 서둘러 또 저만큼 스르르 물러나 앉았다.

다시 한번 기다란 삿대가 강물 속으로 텀벙하고 꽂혔다. 사공이 힘을 주어 삿대를 몇 차례 떠밀어내자, 나룻배는 어느새 강 복판으로 미끄러져 나아갔다.

'…!'

다음 순간 휘청하며 날선 어지럼증이 몸을 엄습했다. 나룻배 난간을 단단히 붙잡아야 했다. 나이 들어 나룻배를 타보기도 처음이었다.

더구나 마흔의 나이를 넘긴, 장성한 아들과 둘이서 한강으로 뱃놀이를 나오게 되리라고는 예상치 못한 일이었다. 하지만 이렇게라도 나서지 않으면 이제 다시는 가보지 못할 것만 같았다.

"어르신, 어디로 노를 저어 갈갑쇼?"

나룻배가 강 복판까지 나아가자 사공이 노를 집어 들었다.

"아버님, 어디로 가보시렵니까?"

선뜻 입이 벌어지지 않았다. 장성한 아들이 거듭 물었을 때에야 비로소 오랜 세월 묻어두었던 말이 가슴 속을 뚫고 올라왔다.

"송파… 나루."

그래, 거기로 가자꾸나. 그날 이후 나에게로 와서 다시는 돌아가지 않는 강물이 된, 흘려도 흘려보내도 다시금 밀려만 드는, 그 아스라한 세월 너머로 가보자꾸나. 아직도 내 몸을 한사코 매고 있는, 열일곱의 내가 머물러 있는 그곳으로 가보자꾸나. 내 인생의 첫 질문을 던져 운명과 조우했던 바로 그곳으로 가보자꾸나….

필자의 역사소설인 「박승직 상점」의 첫 시작 부분이다. 이 작품의 발단은 지극히 단순하게 출발하고 있다. 어느 안개 낀 한적한 날, 장성한 아들과 한강으로 뱃놀이를 나온 늙은 아버지의 회상으로부터 마치 수채화처럼 담담하게 발단이 시작되고 있음을 볼 수 있다.

• 대화로 시작되는 출발

"어머니, 봉숭아 꽃대궁이 부러졌어요."

인선仁善은 두 손을 가지런히 모으고 대청마루 아래에 서서 꾸지람을 받을 자세로 서 있었다.

"꽃대궁이 저절로 부러졌더냐?"

이씨는 대청마루에 화로를 놓고 홑이불을 다림질하면서 인선의 다소곳한 모습을 내려다보았다. 가지런히 모은 작은 두 손이며 작은 발, 눈부시게 하얀 옥양목 저고리와 버선이 보일 듯 말 듯 찰랑이는 검은 치마, 야단맞을 걱정에 잠긴 머루알 같은 눈, 칠월의 볕에 발그레하게 익어 오른 복숭아 같은 두 뺨이 앙증맞기 그지없었다….

김영수의 역사소설인 「이율곡」의 첫 시작 부분이다. 이 작품의 발단은 사소한 대화로부터 출발하고 있다. 어느 한가한 날 집안의 대청마루에서 앙증맞은 어린 아들(율곡 이이)과 어머니(신사임당) 사이에 아주 사소한 대화로부터 발단이 시작되고 있음을 볼 수 있다.

• 주인공이 등장하는 출발

다산茶山은 그날도 해가 설핏해서야 약망태기를 메고 돌아왔다. 이젠 해가 기울자 제법 쌀쌀한 바람이 불어왔다.

"그러다가 심멧군이 되겠네요. 그래 오늘은 동삼이라도 한 뿌리 캐셨나요?"

그가 집에 들어서자 주인집 남자가 약망태기를 받으며 하는 말이다. 주인집 남자는 다산보다 겨우 다섯 살 위인 마흔 살밖에 안 되었는데도 까무잡잡한 얼굴은 주름투성이고, 허리까지 굽어 겉늙은 노인 같아 보였다.

"공개산엘 갔더니 삽주뿌리, 산치자 열매가 그렇게 많습니다."

"공개산까지 가셨어요?"

주인집 남자는 약망태기를 받아 들며 묻고는 무춤한 망태기 속을 들여다보다 말고,

"오늘은 첨보는 약초들을 많이 캐셨구만요."

하며 다산을 쳐다보았다.

문순태의 역사소설인 「다산 정약용」의 첫 시작 부분이다. 이 작품의 발단은 주인공인 다산이 작품의 맨 첫 단어에 이미 등장하고 있을 만큼 일찍부터 주인공을 드러내고 있는 것으로부터 출발하고 있다. 유배지에서 어쩔 수 없이 남의 집에 얹혀살게 되는 다산의 딱한 처지와 주인집 남자와의 등장으로부터 발단이 시작되고 있음을 보여준다.

• **배경 설명으로부터 출발**

황해도는 동으로 함경도와 강원도에 인접해서 마식령산맥의 산세에 닿고, 남은 예성강을 지경으로 경기도의 들판과 만나며 북은 대동

강을 건너 평안도를 바라보는데 서쪽으로는 바다가 솟아나가 중국의 산동과 마주보고 있다. 들판도 있으나 험한 산에 골짜기도 깊고, 오랫동안 경부京府에 가까워서 예부터 관의 혹정에 민감했으며, 도둑이 많아 조정을 괴롭히곤 하였다. 팔대 명산의 하나이며 태곳적 단군의 도읍지인 구월산은 그 줄기가 남서쪽으로 우회하여 추산을 따라 불타산에 이르고, 막바지로 그친 곳에 장산곶長山串이라는 험한 해안 마루턱이 있으니 옛노래에,

장산곶 마루에 북소리 나더니
금일도 상봉에 님 만나보겠네
갈 길은 멀구요 행선은 더디니
늦바람 불라고 서낭님 조른다

하던 곳이 그곳이다. 그곳에 지방민의 입에서 입으로 전해져 내려오는 전설이 있어 기록하였으되….

황석영의 대하소설 「장길산」의 첫 시작 부분이다. 이 작품의 출발은 경부에 가까운 황해도 장산곶이라는 지방에 대한 배경 설명, 예컨대 관의 혹정에 민감하고 도둑이 많아 조정을 괴롭히곤 하였던 장산곶에서 그 지방 사람들의 입에서 입으로 전해져 내려오는 전설로부터 발단이 시작되고 있음을 알 수 있다.

• 어떤 상황에서 시작되는 출발

오랜 시간 동안 나는 망설였다.

써야 할 것인가 아니면 그만 집어치우고 기억의 심연 속으로 깊숙이 처넣어버릴 것인가를 결정하지 못했기 때문이었다.

낱낱이 밝혀 모든 사실을 쓸 것이냐 아니면 모른 척하고 그냥 묻어둘 것이냐 하는, 어떻게 보면 간단하기 짝이 없는 결정을 미루어온 지 벌써 스물아홉 해가 지났다. 지난 1967년이 곤혹스러운 문제에 맞닥뜨렸던 때로부터 벌써 30여 년 가까운 세월이 흘러버린 것이다.

그것은 지금으로부터 351년 전에 일어난 한 사나이의 변사 사건에 관한 것이었다.

공식적인 기록에 의하면, 그 사나이는 모기라면 아직 그림자도 얼씬거리지 않는 음력 사월 스무 사흗날, 갑자기 학질에 걸려 의원醫員들의 치료를 받다가 나흘 만에 죽은 것으로 되어 있었다. 꽃잎이 바람에 흩날리는 봄날 이른 아침에 그는 서른네 살이라는 젊은 나이로 유명을 달리했다. 얼핏 보기에 그의 죽음은 흠잡을 데 없었고, 유해는 적절하고도 완벽한 처리 과정을 거쳐 땅에 묻힌 것처럼 보였다.

그러나 그의 죽음은 아버지가 아들을 살해한 직계 비속卑屬 살인사건으로서 역사의 책갈피 사이에 아주 은밀하게 숨겨져 있었다. 살해 사건은 3천 코의 그물보다 치밀하게 감추어져 거의 완전범죄에 가까웠다. 물적 증거라고는 전혀 남아 있지 않았다.

그 역사의 비밀은 매일매일 살아가기에 바쁜 평범한 이 시민의 대뇌를 마치 한 마리의 생쥐가 낡은 가옥의 기둥을 쏠아내듯 끊임없이 쏠아대며 쓰기를 강요하고 있었다. 숨겨진 역사의 진실을 밝히라는 무언의 압력은 쉼없이 나의 척추를 휘게 만들었고 골수 속으로는 메마른 바람을 불어넣고 있었다. 짐짓 모른 척 외면하고 넘어간다 해도 나는 결코 그것으로부터 자유롭지 못했다.

더구나 신문사의 주간지 기자로 있던 1979년 9월 하순 어느날, 「춘향전」의 주인공인 성춘향이 살아 있었던 실존 인물이라고 주장하는 남원의 이만기李萬器 선생을 만나 취재를 하고 숙소로 돌아가다가 들른 한 서점에서 입수했던 네 권의 전적典籍 가운데서 「강할지사薑割之事」가 들어있는 이상한 찰한집(札翰集, 서간문집)을 발견한 뒤부터 이 살인사건은 나의 삶 깊은 곳에 터 잡기 시작했다….

박안식의 역사소설인 「소현세자」의 첫 시작 부분이다. 작가 자신이 소설 속에 직접 등장하고 있다. 작가가 직접 등장해서 351년 전의 소현세자를 둘러싼 사건 상황이 조금씩 설명되면서 발단이 시작되고 있는 형식이다. 같은 방법으로 발단이 시작되고 있는 작품 하나를 더 살펴본다. 최인호의 대하소설 「商道」가 그것이다.

내가 김기섭金起燮 회장의 돌발적인 사고 소식을 들은 것은 1999년 12월 말이었다.

해마다 연말이면 묵은해를 보내는 각종 행사들과 그에 따른 술자리, 연회 등으로 바쁘고, 새해를 맞는 설레임으로 몸과 마음이 분주하기 마련인데 1999년의 연말은 다른 해보다도 한층 더 바쁜 나날이었다.

그것은 며칠만 지나면 마침내 서기 2000년으로 접어들어 신세기新世紀가 열리기 때문이었다. 이른바 인간의 역사 속에서 천년 동안 우리의 일상을 지배해 왔던 서기 1000년의 숫자가 마침내 '2'의 숫자로 바뀌는 그 순간이 다가오고 있었던 것이다.

그뿐인가. 그리스도교의 일부에서는 1999년을 세기말적인 현상이 두드러지게 나타나는 해라고 하여 어쩌면 인류의 멸망이 이해의 한순간에 다가올지도 모른다고 일 년 동안 줄곧 경고해 왔었다.

… 〈중략〉 …

미사가 끝나고 밤 두시가 다 되어 집으로 돌아왔을 때 아내는 습관적으로 TV를 틀었다.

TV에서는 KBS교향악단의 연주가 방송되고 있었다. 베토벤의 심포니 제9번, 합창 교향곡이었다. 교향곡은 절정에 이르러 웅장한 합창곡이 터져 흐르고 있었다.

'찬양하라 노래하라 찾아온 자의 영광을

뻗어나는 새싹들은 쉬지 않고 자란다

봄비 내려 새싹 나는 나무들을 보아라…'

그 순간이었다.

갑자기 합창곡의 절정에서 음악이 멈췄다. 방송사고인가 하고 나는 본능적으로 화면을 보았다. 대형 무대의 오케스트라를 비추던 TV 화면이 갑자기 스튜디오로 장면이 바뀌었다.

"뉴스 속보를 말씀드리겠습니다."

성급히 나온 듯 아나운서는 넥타이를 고쳐 매면서 말을 시작하였다. 나는 외출복을 벗다말고 TV 앞으로 다가갔다.

성탄절의 특별연주 실황방송을 중단시킬 만큼 큰 사건이라도 벌어졌단 말인가, 이 좋은 성탄절날 밤에.

"방금 들어온 뉴스 속보를 말씀드리겠습니다."

아나운서는 같은 말을 두 번씩 되풀이한 다음 황급히 쓴 것 같은 원고를 읽기 시작했다.

"기평그룹의 총수 김기섭 회장이 교통사고로 별세했습니다. 독일의 비스바덴 고속도로 위에서 사고가 났다고 합니다."

나는 털썩 소파 위에 주저앉았다.

뭐라는 소리인가. 아니 도대체 무슨 소리인가.

"…김기섭 회장은 21세기를 겨냥하여 기평그룹에서 총력을 기울여 만든 신차新車를 직접 몰고 독일의 고속도로 위에서 시운전하다 비스바덴 근처의 고속도로에서 사고를 일으켜 별세했다고 합니다…."

나는 믿을 수가 없었다. 믿어지지가 않았다. 그러나 TV 화면에는 김기섭 회장의 사진이 고정되어 떠오르기 시작했다. 틀림없는 그의 얼굴이었다.

… 〈중략〉 …

내가 김기섭 회장을 처음으로 만난 것은 프랑크푸르트에서였다. 그때 독일을 운항하는 항공 직항로가 프랑크푸르트 밖에 없었기 때문에 우리는 독일에서의 모든 촬영을 마치고 프랑크푸르트로 되돌아왔다.

그날 저녁, 나는 호텔 방에서 모르는 사람으로부터 전화를 받았다.

그는 대뜸 전화를 받는 사람이 정상진鄭相鎭 선생님이냐고 물어왔다.

나는 그렇다고 대답했다.

그러자 상대방은 다시 그렇다면 소설을 쓰는 정 선생님이 맞느냐고 물어 왔다.

내가 다시 그렇다고 대답하자, 상대방은 곧 호텔로 찾아뵐 테니 로비에서 잠깐 만나주셨으면 좋겠다고 제의를 해왔었다. 낯선 도시에서 모르는 사람으로부터 만나자는 제의가 썩 기분 내키는 것은 아니었지만 전화를 해온 말투와 태도가 무척 예의바르고 정중하였으므로 굳이 마다할 이유가 없었다.

로비로 내려갔을 때 이미 로비에 한 사람이 앉아 있었다.

나를 보자 의자에 앉아 있던 그 사람이 자리에서 벌떡 일어섰다….

② 전개展開

전개는 발단에 이은 이야기의 얼개 부분이다. 이 부분에서는 그 진행이 한층 복잡해지고 마침내 여러 갈래로 분화를 일으키기 시작한다. 또 다음 단계인 절정絶頂 부분을 향하여 점층 되는 긴장감이 유지되어야만 한다는 조건이 뒤따른다.

특히 역사 글쓰기의 구성 단계 중에서 양적인 면만으로 보면 거의 대부분을 차지한다고 볼 수 있다. 이 같은 전개 부분에서는 색깔과 모양이 서로 다른 여러 개의 조각이 한데 모여 하나의 통일된 모자이크 그림을 만들어내듯이, 서로 유기적으로 밀착되면서도 해결이 가능한 논리 곧 이야기의 얼개를 지니도록 해야 한다.

다음은 필자의 역사소설인 「왕의 노래」에서 짧은 예문을 든 것이다.

그러자 사안의 중대성을 들며 이조 참지(정3품)가 다시 나섰다. 이번만큼은 왕과 우의정도 결코 물러서지 않을 것으로 보았다. 왕권의 명운을 건 (장사를 아무나 할 수 있게 하는)통공정책을 보다 강화시켜 반드시 육의전의 (장사를 아무나 할 수 없게 하는)금난전권을 유명무실화하고 말 것이라며 안달했다.

"대감, 그리 되면 당장 (육의전에서 흘러나오는)정치자금 줄이 끊어질 판입니다. 노론 모두가 고사할 지경에 이르렀는데도, 어찌 태평스럽게 가곡만 듣고 계시려 하십니까?"

이조 참지는 말이 많았다. 대감들이 입을 다물고 있어 말미에 앉아 있는 젊은 자신이 나설 수밖엔 없다며 연신 발언을 쏟아냈다. 왕이 기어코 칼을 뽑아든 것이라는 직설도 마다하지 않았다. 칼을 뽑아들어 피를 보잔 얘기가 아니겠느냐는 독설마저 서슴없이 토해냈다.

"이미 사도세자의 현릉원을 이장할 때 국고에서 가져간 게 자그마치 그 얼마입니까? 수천 석의 쌀이며, 수백 동(1동은 50필)의 포목을 제외하더라도, 무려 18만 4천6백 냥이나 됩니다. 내탕고와 호조의 국고가 바닥이 나질 않았습니까? 그런데 금번 화성 행차에 들어갈 국고가 또 자그마치 10만 냥이라 합니다. 10만 냥이요."

그러나 엄밀히 말하면 그건 국고가 아니었다. 화성 행차 경비 10만 냥은 이미 한 해 전부터 마련해둔 거였다. 진청賑廳에서 봄철에 환곡을 빌려주었다 가을철에 이자로 받아낸 돈이 경기도 화성에서 2만 6천 냥, 평안도 철산 등 3읍에서 3만 1천81 냥, 덕천에서 1만 4천220 냥, 호남 지방에 풍년이 들어 모미耗米를 팔아 만든 돈 중 쓰고 남은 것이 3만 1천760 냥이었다. 모두 합쳐 10만 3천61 냥이었는데, 이것은 백성들의 세금과는 전연 상관없는 별도의 경비였다. 오로지 화성 행차에 들어가는 경비로 쓰기 위해 환곡을 이용해서 얻은 이주 수입이었다.

한데도 그는 국고를 탕진하고 있다며 한사코 우겨댔다. 그같이 엄청난 국고를 탕진하면서까지 화성 행차를 감행코자 하는 건, 순전히 노론과의 전쟁에서 우위에 서고자 하는 정략이 아니냐며 굵은 핏대를 세웠다….

예문에서 볼 수 있는 것처럼 왕과 그 대척점에 서 있는 노론, 통공정책과 더불어 도읍을 옮기려는 천도까지 염두에 둔 왕의 화성 행차

사건을 바라보는 양측의 차이, 이조 참지(정3품)라는 노론의 등장인물, 또 그런 이조 참지의 발언을 통해서 왕과 노론을 둘러싼 쟁점 사안이 점차 복잡해져 감을 어렵잖게 발견할 수 있게 된다.

③ 절정絶頂

역사 글쓰기의 구성에 있어 맨 처음 시작의 발단에서부터 그 다음 전개의 단계를 차례대로 거쳐 오는 동안 점층 되어온 이야기의 얼개가 마침내 어느 순간 극적인 반전反轉, 또는 가장 고조된 순간을 절정climax이라고 일컫는다.

특히 역사 글쓰기의 구성 단계 가운데서도 양적인 면에서는 가장 짧은 부분을 차지하고 있으면서도 마침내 전체적인 사실이 밝혀지고야 마는, 또 이 때문에 흔히 어떤 강렬한 감정이 바깥으로 드러나는 부분이기도 하다.

다음은 필자의 역사소설인 「왕의 노래」에서 절정의 형식을 보여주는 부분이다.

바람에 나부끼는 형형색색의 수많은 깃발이며, 6천여 명이 넘는 대규모 군사 행렬이 길게 늘어선, (정조)왕의 화성 능묘 행차가 이틀째 거행되고 있는 가운데 결국 극적인 사건이 발생하고야 만다. 왕을 암살하려는 무리와 왕을 지키려는 무리, 곧 노론의 김진탁(정3품)과 왕의 측근인 정약용(정3품)이 전면에 등장케 되면서, 마침내 전체적인 사실이 밝혀지게 된다. 사전에 훈련한 맹금류를 이용하여 왕을 암살하려는 세력과 그런 맹금류를 역이용하여 왕을 지켜내고 음모를 밝히고자 하는, 따라서 어떤 강렬한 감정이 배어 나오는 단계이기도 하다.

변함없이 왕이 탄 좌마(왕의 말) 우측엔 훈련도감의 으뜸 장수인 보행지구관이 섰다. 그 좌측엔 어느새 맨 앞줄의 우의정에게 다녀온 중시 허고추(왕명을 전하는 내시)가 태연하게 자리했다. 또한 왕의 좌마 바로 뒤쪽 우측에는 김진탁이, 좌측에는 정약용이 제각기 말을 탄 채 나란히 따랐다. 그리고 힘들어 하는 중시를 대신하여 왕의 호위무사 백동수가 붉은 일산(왕의 거둥 때 받쳐 드는 양산)을 높이 받쳐 들고서 왕의 좌마 곁에 바짝 붙어 서서 다소곳이 따랐다.

그같이 행차는 다시 시작되었다. 행차가 시작되면서 잠시 잠잠했던 취타부대의 연주 소리도 요란스럽게 울려 퍼졌다. 장엄하게 이어지는 어가의 행렬을 지켜보면서 연로에 모여든 수많은 백성과 관광민의 호응 또한 다시금 후끈 달아올랐다. 어가의 행렬 앞에 엎드려 연신 절을 올리는 무리에서부터 천세를 외치는 무리가 있는가 하면, 절로 흥에 겨워 덩실덩실 춤을 추는 무리마저 적지 않았다. 행군하는 군사들 또한 백성들의 열띤 호응이 그다지 싫지만은 않았다. 백성들의 호응이 뜨거울 때마다 두 눈에 힘을 준 채 얼굴에 번져드는 웃음을 참느라 애를 썼다.

그와 달리 몇몇 사람의 얼굴은 무겁게 가라앉아 있었다. 왕의 좌마 좌측에 선 중시와 그런 중시를 대신하여 왕의 좌마 곁에 바짝 붙어 서서 붉은 일산을 높이 받쳐 든 백동수, 그리고 왕의 좌마 바로 뒤쪽 우측에서 말을 탄 김진탁과 좌측에서 말을 탄 정약용 등 네 사람이었다. 무슨 일인지 그들의 얼굴은 돌덩이처럼 무거웠다. 안양참站(역마을)을 떠나 백탑결사(정조를 지키기 위한 비밀 단체)가 지목한 청천평이 가까워질수록 알 수 없는 긴장감으로 굳어만 갔다. 주위의 작은 변화에도 곧잘 예민하게 반응하며 날카로운 각을 세우곤 했다.

겉으로는 내색하지 않았으나 왕 또한 다르지 않았다. 호위무사 백동수로부터 무언가를 전해 들은 이후 내심 긴장하고 있음이 역력했다.

그렇대도 어가의 행차는 순조로웠다. 충직한 군사들과 연로에 몰려든 백성들의 열띤 호응 속에 군포천교를 건넜다. 오래지 않아 서원천교를 건너 과히 높아 보이지 않은 장산을 왼편에 끼고 야트막한 언덕을 마저 넘어서자, 한순간 시야가 탁 트였다. 눈앞에 너른 들판이 저 멀리까지 아스라이 펼쳐 보였다. 맑은내벌로 더 알려져 있는 예의 청천평에 들어서기 시작했다.

행차가 그곳으로 미끄러지듯 들어서자 정약용은 조심스레 창공을 올려다보았다. 김진탁 역시 딴청을 피워가며 창공을 흘깃흘깃 올려다보고 있었다. 서로가 눈치채지 않도록 청천평의 하늘을 은밀히 살펴나갔다.

하늘은 무표정하기만 했다. 높은 구름이 두텁게 덮여있을 뿐 좀처럼 속내를 드러내지 않았다. 언제 어떻게 달라질지 알 순 없어도 아직 겉으론 평온해 보였다. 하늘을 나는 텃새 한 마리 찾아보기 어려웠다.

그러나 백동수는 무언가에 진즉 눈길을 둔 채였다. 어가의 행렬이 장산에 도달하면서 하늘 높이 까마득하게 떠 있는 미세한 검은 점박이들을 발견한 터였다. 미세한 검은 점박이들이 조금이라도 위치를 달리할 때마다 조금씩 자세를 바꾸어가며 놓치지 않으려고 안간힘을 썼다. 높이 받쳐 든 붉은 일산을 곧추세워가며 신경을 집중시켰다.

그런 가운데 행차의 꼭이 중간쯤에 위치한 어가의 행렬마저 어느덧 청천평 안으로 냉큼 들어섰다. 백탑결사가 지목한 바로 그 너른 들판 안으로 꾸물꾸물 행차해 들어갔다. 왕의 좌마 바로 뒤쪽에 선 김진탁과 정약용 역시 행렬에 묻혀 자꾸만 깊숙이 들어섰다.

하지만 김진탁도, 정약용도 미처 독수리를 발견하지는 못했다. 그렇듯 쉽사리 지상에서 포착할 수 있도록 간단히 노출될 독수리도 아니었다. 하늘 높이 까마득히 떠있어 한참을 올려다보아야 기껏 티끌만한 검은 점박이에 불과할 따름이었다. 그나마 칼날의 선광마저 놓치는 법이란 없이 잽싸게 가늠할 수 있는 백동수와 같은 무사의 눈씨가 아니고선 좀처럼 발견할 수 없는 것이었다.

때문에 두 사람은 불안하고 안달했다. 독수리를 쉬 찾지 못해 조바심 냈다.

남들이 눈치채지 않도록 부단히 하늘을 올려다보았으나 허사였다. 비를 잔뜩 품은 잿빛의 창공만이 음산할 따름이었다.

그 같은 시각이 얼마나 흘렀는지. 방금 전까지만 하여도 길거리 군악대인 취타 부대가 신나게 연주를 하고 있었건만, 연로의 백성들이 어가의 행렬에 여전히 열띤 환호를 보내고 있었건만, 불현듯 그 모든 소리가 귓전에서 문득 사라지고 말았다. 한순간 주위가 온통 적막했다. 눈앞의 행렬과 백성들은 그대로였으나, 마치 깊은 물속에 빠져든 것처럼 그 어떠한 소리도 들리지 않았다. 알 수 없는 서늘한 침묵만이 전율처럼 엄습해 들었다.

하지만 알 수 없는 서늘한 침묵도 지극히 짧은 순간이었다. 그러한 침묵도 이내 여지없이 박살나면서 난데없는 거센 돌풍이 휘몰아쳤다. 거센 돌풍이 일시에 휘몰아치면서 어가 주위를 마구 헝클어놓았다.

왕의 좌마 곁에 바짝 붙어 서서 높이 받쳐 든 붉은 일산이 돌풍에 크게 흔들린 것도 바로 그 순간이었다. 왕의 좌마 위에 머물러 있어야 할 붉은 일산이 휘몰아치는 돌풍에 뒤쪽 우측에 선 김진탁의 머리 위로 흘러가 낮게 드리우고만 것이다. 백동수가 일부러 그랬다기보다는 난데없이 휘몰아친 돌풍에 그만 부지불식 간에 흘러가고 만 것처럼 보였다.

"아니오! 난 아니오!"

그 순간 김진탁이 소스라치게 놀라 소리쳤다. 왕의 붉은 일산이 자신의 머리 위에 낮게 드리워져 있는 걸 보고서 다급해져 두 팔을 허우적거렸다.

그러나 소스라치게 놀라 소리쳤다는 그의 외침은 어느 누구도 들지 못했다. 갑자기 휘몰아치는 거센 돌풍 앞에 저마다 흐트러진 자신을 곧추세우느라 여념이 없었다.

"…?"

그때였다. 크고 검은 어떤 물체가 미끄러지듯 소리도 없이 쓰윽 하고 날아들었다. 거센 돌풍을 타고 순식간에 날아들어 시야를 온통 검게 뒤덮었다. 어디서 나타났는지 모를 검은 독수리였다. 한두 마리가 아니었다. 십여 마리도 넘는 검은 독수리 떼가 민첩하면서도 완강하게 날아들었다. 길들여 온 그대로 붉은 일산 속의 김진탁을 순식간에 덮치고 말았다. 그 커다란 날개로 말 위의 그를 단숨에 제압한 다음, 날카로운 부리와 예리한 발톱을 치켜세웠다. 한 마리가 물러나면 다시 또 한 마리가 덮쳐들었다. 숨 돌릴 사이도 없이 서로 번갈아가며 집요한 공격을 그치지 않았다.

그럴 때 하늘과 땅을 우르릉 쿵쾅 찢어대는 천둥소리가 연이어 터졌다. 뒤이어 굵은 빗줄기가 마구 쏟아져 내리면서 저마다 우구를 찾느라 한동안 우왕좌왕했다.

때문에 검은 독수리 떼의 습격을 온전히 목격한 이는 고작 다섯 손가락에 꼽을 정도였다. 그가 내지른 단말마의 비명소리 또한 하늘과 땅을 찢어대는 천둥소리와 함께 때마침 마구 쏟아져 내리는 굵은 빗줄기 소리에 묻히고 말았다.

아니 설령 그를 목격했다 할지라도 어쩔 도리가 없었다. 설마 그런 날벼락이 하늘에서 떨어지리라고는 누구도 예측하지 못한 것이었다.

더구나 그 모든 순간이 어느 누구도 제어할 수 없을 만큼 눈 깜짝할 사이에 벌어지고야 만 데에다, 한두 마리도 아닌 떼 지어 날아든 야성의 힘에 압도되어 미처 손을 써볼 겨를조차 없었다. 왕의 우측에 선 훈련도감의 으뜸 장수인 보행지구관도, 좌측에 서 있던 중시도 그저 왕을 보호하기 위해 몸을 날렸을 뿐이다. 순식간에 피투성이가 되어 말 위에서 낙마하고 마는 김진탁을 속절없이 바라볼 수밖에는 없었다.

그런 뒤라야 주변의 군사들이 우르르 몰려들었다. 모두 뒤늦게 제정신으로 돌아온 듯 칼을 빼어들고 창을 치켜들었다. 사람을 뒤덮고도 남을 커다란 날개를 퍼덕이면서 예리한 발톱을 치켜세워 저항하는 검은 독수리 떼를 가까스로 떼어놓을 수 있었다.

그러나 김진탁은 이미 망신창이가 된 몸이었다. 어디 한 군데 성한 곳이라고는 없어 보였다. 갈기갈기 찢겨나간 옷가지며, 무수히 난자당해 차마 눈뜨고 볼 수 없는 처참한 몰골이었다. 그가 다시 살아날 수 있을지에 대해서는 모두가 깊은 회의를 가졌다.

"무얼 하시오!"

정약용이 소리쳤다. 앞장서 재빨리 사태를 수습하고 나섰다. 변고를 당한 이조 참지를 내의원으로 실려 보내 치료를 받게 하고, 훈련도감의 으뜸 장수인 보행지구관에겐 주변의 군사를 다시금 정렬케 했다. 그런 다음 (왕명을 전하는)승전선전관 이동선을 부르도록 일렀다.

"전하, 승전선전관 이동선 대령하였나이다."

그에게 왕이 물었다. 수원 화성까지는 앞으로 얼마나 더 남았는지 하문했다.

"이곳에서 대략 22리 거리이옵니다."

"비가 멎질 않고 계속 내리는구나. 허나 중간에 있는 사근참 행궁이 비좁아서 밤을 지내는 데 어려움이 있다. 문무백관과 군병들이 억수 비를 맞는 것이 걱정이 되긴 하나, 여기서 화성이 이제 22리 거리라니. 서둘러 가면 저물녘엔 도착할 수 있지 않겠느냐?"

"알겠나이다, 전하!"

왕명을 받은 승전선전관 이동선이 즉시 말을 몰았다. 행렬의 앞쪽에 선 행차 총리대신인 우의정 채제공에게로 득달같이 내달려갔다….

그랬다. 왕의 머리 위에만 받쳐 들 수 있는 붉은 일산이었다. 사전에 훈련된 맹금류는 오직 붉은 일산 밑이 목표였다. 한데 그 붉은 일산을 왕의 호위무사인 백동수가 의도적으로 그랬는지, 아니면 때마침 불어 닥친 돌풍으로 말미암아 한순간 밀려나고 말았는지 설명할 수는 없겠지만, 암튼 돌연 김진탁의 머리 위쪽으로 이동되고 말면서 독수리의 먹이사냥 표적이 되고 만 것이다.

물론 이 작품에서 볼 수 있는 것처럼 전개의 맨 끝부분에서 긴박감 넘치는 반전의 순간이 반드시 절정의 정석이라고 말할 수는 없다. 실제 「왕의 노래」 역시 앞서 예문으로 들었던 절정 부분은 단순히 겉 이야기에서의 정점일 따름이다. 정작 속 이야기에서의 정점은 그 뒤에 이어지는 에필로그의 결말 부분, 다시 말해 절정이 결말 속에 겹쳐 들어가 있어 결말과 함께 끝나고 있음을 볼 수 있다. 요컨대 작가의 개성이나 작품의 성격에 따라 얼마든지 다른 방식으로 채택되고 변주될 수 있다는 뜻이다.

④ 결말結末

역사 글쓰기의 구성에 있어 맨 처음 시작의 발단에서부터 전개, 절정의 단계를 차례대로 거쳐 오는 동안 최고조를 달했던 이야기의 얼개가 급속히 정리되면서 결국 마무리되는 부분이 결말denouement이다.

한데 이 단계에서 놓치지 말아야 할 점이 있다. 이야기 얼개를 급속히 정리해가면서 '죄악을 범해서는 안 된다'거나, '죄악은 반드시 발각되어 드러나고 만다'는 식으로 독자를 단선적으로 가르치려 들어서는 안 된다. 도덕적 마무리로 그쳐서도 결코 안 된다. 그렇듯 직접 말하는 것보다는 독자가 그같이 스스로 느낄 수 있도록 풀어나가야 한다.

또 이 단계에서는 마침내 등장인물마다 (사건의 절정을 거치면서)운명의 전환이 결정되는가 하면, 주제가 극명하게 드러남으로써 이야기의 얼개를 최종적으로 정돈하는 방식을 취하게 된다.

다시 필자의 역사소설인 「왕의 노래」에서 절정의 예문에 이어 결말의 형식을 보여주는 부분이다.

오래지 않아 행렬도 재정비되었다. 천둥소리와 함께 갑자기 쏟아져 내리기 시작한 굵은 빗줄기로 한때 혼란에 빠졌던 행차도 어느 사이 정상을 되찾아갔다. 비록 취타 부대의 신명나는 연주소리를 이제 더는 들을 수 없게 되었지만, 그래도 연로의 백성들만은 여전히 줄어들 줄을 몰랐다. 왕을 조금이라도 더 가까이서 보고자 하는 그들의 열망은 굵은 빗줄기 속에서도 어가를 무리지어 뒤따랐다.

그같이 어가의 행차가 다시금 이어지면서 모든 건 빠르게 제자리를 찾아갔다. 굵은 빗줄기는 여전했으나 하늘과 땅을 찢어대던 천둥소리도, 미끄러지듯 소리도 없이 순식간에 날아든 검은 독수리 떼의 위협도 이내 사라져갔다.

김진탁의 변고 또한 다 이상 확산되지는 않았다. 그의 비참한 최후 역시 행차 도중에 갑자기 발생한 천재의 변고쯤으로 여겨지고 말았다. 누구도 입 밖에 선뜻 꺼내려 하지 않는 참혹한 화변처럼 더는 말하는 이가 없었다. 다만 어가 행렬의 앞쪽 중간쯤에 근장군사들과 장교의 호위를 받으며 행렬을 이끌고 있는 병조 판서(정2품) 심환지(정조의 반대 정파 영수)에게 누군가 귓속말로 짤막히 전해주었을 뿐이다.

"… 전하! 전하! 드디어 화성이 보이옵니다!"

쏟아지는 빗속을 뚫고서 행차를 또 얼마나 하염없이 계속해 나갔는지. 누군가 문득 무겁게 내리는 굵은 빗줄기 소리를 단숨에 걷어내었다. 왕의 좌마 우측에 선 보행지구관의 우렁찬 음성이었다. 굵은 빗줄기 속에 어느새 화성의 관문이 눈앞에 신기루처럼 어릿어릿 그려진 것이다.

'아, 저기란 말인가? 저곳에 이르면, 이제 저곳에만 이르게 되면, 아버지 사도세자가 미처 이루지 못한 채 스러져간 꿈, 농토마저 없는 가난한 백성들에게 장사라도 마음 놓고 할 수 있게 하여 자신의 생계를 이어갈 수 있도록 할 수 있다는 말이냐? 국초 이래 시행되어온 지엄한 국법이라 할지라도 마땅히 바꾸어 금난전권을 폐지시킬 수 있다는 말이냐? 종루 육의전과 노론 사이에 드러나지 않은 정경유착의 고리를 끊어내어 가련한 민생을 구하고, 육의전 상인들의 이윤을 보존해줄 수 있다는 말이냐? 이제는 정녕 그러한 날들이 올 수 있단 말인가…?'

왕은 조바심쳤다. 굵은 빗줄기 너머 저 멀리 아스라이 바라다 보이는 화성의 장안문長安門 안으로 왕의 눈길은 어느덧 성큼 들어서고 있었다….

예문에서 볼 수 있듯이, 작가는 계속 진행되어 온 사건들을 매우 적극적이고 직접적인 행동으로 결말을 짓고 있다. 반면에 이와 달리 소극적으로 결말을 짓는 경우도 있다. 가급적 감정을 겉으로 쉽사리 드러내지 않으면서 이성적 여운을 남겨둠으로써 독자들이 스스로 느낄 수 있도록 하는 그런 결말이다.

아무렇든 적극적인 결말의 형태거나 소극적인 결말의 형태거나 간에 이 같은 창작 문법은 작가의 개성, 작품의 성격, 소재, 이야기 얼개의 흐름에 따라 그 구성의 짜임새에 물이 흐르듯 자연스럽게 맞춰 선택하면 된다.

마지막으로 구상 작업을 할 때 유의할 점은 평소보다는 좀 게으른 편이 더 낫다는 점이다. 손에 잡힌다고 서두르거나 성급히 마치지 말기를 바란다. 비록 이야기의 얼개가 어항 속의 금붕어처럼 선명해졌다 하더라도, 그래서 전체 구상을 이미 마쳤다 하더라도, 곧바로 원고 집필에 들어가지 말기를 바란다.

그걸 들고서 생각을 한참 더 만지작거릴 필요가 있다. 마치 배부른 돼지처럼 뒹굴뒹굴 구르다 보면 미처 생각지 못한 부분이 분명코 튀어나올 것으로 믿는다. 구상은 그렇듯 게으른 단계를 한 번 더 거칠 때 비로소 단단해진다는 사실을 잊지 말자.

등장인물 만들기

역사 글쓰기를 집필하는데 가장 예민한 요소를 꼽는다면 아무래도 그것은 어떤 사건과 사건에 얽힌 배경, 또한 사건에 등장하는 인물이 될 것이다. 더구나 역사 글쓰기 중에서 반드시 등장하기 마련인 '등장인물'을 과연 어떻게 그려내느냐에 따라 작품의 성패가 갈린다고 해도 과언이 아니다.

예컨대 '누가 왜 그 같은 (역사적)사건을 일으켰는가?'라는 명제를 이야기하는 것이 곧 역사소설이나 역사평설, 인물평전이었을 때, 여기서 사건과 그 배경이 되는 '왜 그런 일'을 벌였는가 하는 건 결국 '누가'라는 등장인물들을 그려내기 위한 보조적 요소라고 할 수 있다. 역사 글쓰기에서 등장인물들이 차지하는 비중이 그처럼 절대적이란 얘기다. 특히 이 같은 사실은 조선 중기 허균의 「홍길동전」이래 역사소설이 전통적으로 지향해온 중심 과제라는 점에서 그 중요성이 더욱 명료해진다.

따라서 역사 글쓰기를 하기 위해서는 무엇보다 등장인물들을 만들어내는 작업에 십분 공력을 들여야 한다. 마치 역사 속에 살아 실재했을 것만 같은, 뚜렷한 개성으로 탄생한 인물들을 만들어내기 위해서는 평소 인물 관찰에 대한 촉수를 갖지 않으면 안 된다.

① 등장인물의 유형

• 평면적인 인물

장편소설 「인도로 가는 길」이 영화화 되어 우리에게도 이미 친숙한 영국 작가 E. M. 포스터는, 자신의 저서 「소설의 이해」에서 등장인물을 두 가지로 분류하고 있다. 평면적인 인물과 입체적인 인물이다.

그의 설명에 따르면, 먼저 평면적인 인물이란 어떤 고정된 정형성을 띠기 마련이어서 사고 · 성격 · 행동에 있어서 시종 일관된 원칙을 준수해야 한다고 요구하고 있다.

따라서 이런 평면적인 인물은 그 활동의 굴곡이나 개성적인 면에서 그렇게 두드러져 보이지 않을 수 있다. 또한 독자들에게 그저 그렇고 그런 인물쯤으로 비치지 않을지도 모른다.

하지만 이러한 평면적인 인물은 역사 글쓰기에서 어떤 사건이나 상황의 전개 속에서 오히려 작가의 의도(주제)를 무리 없이 이끌어갈 수가 있다. 특히 결말 부분에 이르러선 반전으로 훨씬 극적이고 강렬한 인상을 독자에게 안겨줄 수 있다는 장점이 있다.

예문으로 들어가 보자.

손지혜의 집에 이른 병호는 낮게 흐느끼는 울음소리에 주춤하고 섰다. 조금 후 안으로 들어가 보니 손지혜 혼자 울고 있었다. 그를 보자 그녀는 더욱 격렬하게 울었다.

"웬 일이십니까?"

"바, 바우님이 나가셨어요."

"나가다니요?"

"이거 남겨두시고…."

지혜는 편지 봉투를 내어밀었다. 그것을 꺼내본 병호는 소스라치게 놀랐다. 그것은 황바우가 남기고 간 유서였다.

"저녁 신문을 보고 놀라서, 저는 태영이가 입원해 있는 대학 병원으로 갔어요. 갔다 와 보니까 바우님이 안 계셨어요. 선생님, 빨리 바우님을 찾아주세요. 그분이 돌아가시면 안 돼요. 태영이가 저렇게 됐으니 전 누굴 보고 살라는 말입니까! 죽어야 할 사람은 전데. 이게 이렇게 된 겁니까!"

그녀는 울음을 참으려고 몹시 고통스러운 표정을 지었지만, 터져 나오는 울음을 막지는 못했다.

"바우님도 태영이가 어떻게 된 걸 아십니까?"

"모르실 거예요. 놀라실까봐 말씀을 안 드렸어요."

병호는 급히 유서를 읽었다. 그것은 모두 세 통이었는데, 백지에 볼펜으로 서투르게 꾹꾹 눌러쓴 것으로 철자법과 띄어쓰기가 모두 틀려 있어 읽기에 힘이 들었다.

'맘씨 좋은 형사님에게

형사님 우리 아들 태영이는 아무 죄가 없습니다. 죄는 저헌티 잇습니다. 지가 두 사람을 주기엇습니다. 그렁께 지는 주거 마땅합니다. 다시 말씀 드립니다. 우리 태영이는 아무 죄가 없습니다. 모든 분들 볼나치 업어서 지는 죽습니다. 부디 우리 태영이와 어멈을 불상히 여기시어 괴롭피지 마시고 돌보아 주십시오. 그러믄 지는 마음노코 주글 수 잇것습니다.'

병호는 시야가 흐려와서 더 이상 읽을 수가 없었다. 그는 북받치는 감정을 억누르면서 유서를 들고 일어섰다.

"너무 상심하지 마십시오. 곧 찾도록 하겠습니다."

'불상하고 불상한 어멈에게

불상한 어멈은 내가 죽뜨라도 굿새게 사라가소. 어멈은 아직 절믄께 새 사람 만나서 행복허게 잘 사라갈 수 잇슬거요. 태영이를 바서라도 죽지 말고 굿새개 사라가소. 나는 저승에서 어멈이 잘 살기를 빌것소. 불상한 어멈은 태영이를 버리지 말고 서로 마음 합패서 잘 사라가소. 내가 주것다고 슬퍼하지 마소. 그리고 나를 찾지 마소. 나는 살만큼 사랏응께 이만 가네. 불상한 어멈 잘 잇소. 건강하게 잘 잇소.'

세 번째 유서는 아들에게 보낸 것으로 부정父情이 넘쳐 흐르고 있었다. 그것을 읽는 병호의 손이 떨리고 있었다.

아들 태영이에게

태영아, 이 못난 애비가 마지막으루 부탁하는 거시니 잘 드러라. 못난 애비 때매니 고생이 심한 걸 생각하문 내 가슴이 찌저지는 것만 같구나….

김성종의 대하소설 「최후의 증인」 가운데 한 대목이다. 작품 속의 황바우는 부역죄라는 무고한 누명을 쓴 채 무려 20여 년이라는 긴 세월 동안 원한의 감옥 생활을 마친 뒤 마침내 출감한다. 그리고 잇따라 의문의 살인사건이 일어나면서 상황은 돌연 그의 복수극으로 휘몰아간다. 하지만 그의 숙명적인 선량함은 그 같은 상황 속에서도 변질하거나 이탈되는 법이 없는 일관된 정형성을 여실히 보여준다. 나아가 그 같은 원한과 갈등을 극복하는 인간성의 발견이라는, 작가의 의도(주제)를 매우 감동적으로 그려내고 있음을 볼 수 있다.

• **입체적인 인물**

입체적인 인물이라고 해서 꼭 평면적인 인물의 반대 개념이라고 보기는 어렵다. 다만 어떤 상황 속에서도 일관성의 원칙을 준수하는 평면적인 인물과는 달리, 설사 전형적인 출발을 하고 있다 하더라도 자기 성격의 다른 면을 드러낸다거나, 사고와 행동이 매우 복잡 미묘하게 표현되는 인물이라고 보면 된다.

따라서 독자는 자기 주변에서 흔히 만날 수 있는 그런 정형화된 인물상이 아닌, 개성이 강한 또 다른 인물로 그려지기 때문에 낯선 호기심을 집중시키게 된다.

예문으로 홍명희의 역사소설인 「임꺽정」으로 들어가 보자.

임돌이란 자가 있었다. 그는 본디 고리 만드는 백정이었다. 고리를 만들어 파는 일만 해보았지, 짐승 잡는 일은 한 번도 해본 적이 없었다. 그런 임돌이가 소 잡는 백정의 딸에게 장가를 들어 그 집의 데릴사위 노릇을 하게 되면서, 생애 처음으로 소 잡는 일을 구경하게 된다. 앞으로 자신이 해야 할 일을 배우기 위해서였다.

그날 잡기로 되어 있던 소는 커다란 암소였다. 커다란 암소는 푸줏간의 피비린내를 맡으면서 이내 자신의 죽음을 직감한다. 그러면서 어떻게든 푸줏간 안으로 들어가지 않으려고 고삐를 몇 번이나 거부하며 뒷걸음질 쳤다.

하지만 주인이 세차게 다그치자 그만 기가 죽은 나머지, 주인이 이끄는 대로 몸을 웅크리며 푸줏간 안으로 마지못해 걸어 들어가곤 만다. 이제는 죽는구나 하는 직관적 깨달음이 소의 눈동자에 역력하면서도 그저 저항의 몸부림만을 몇 차례 해보였을 뿐, 종국에는 죽을 자리로 힘없이 끌려들어 가고 만 것이다.

임돌은 암만해도 그 점이 의아스럽기만 했다. 자신이 보기에는 그 커다란 몸집이며 엄청난 힘을 생각해볼 때, 마음먹고 힘껏 뿌리친다면 푸줏간 안으로 끌려들어 가지 않을 것만 같았다.

한데 힘 한번 제대로 써보지도 못한 채 허무하게 사지로 끌려들어 가고야 말았다. 암소와 다를 게 없는 한낱 생명체일 뿐인 사람의 손에 제 목숨을 고스란히 내어주고 말았던 것이다.

때문에 그 암소가 불쌍하다는 생각마저 들지 않을 정도였다. 차라리 죽어 마땅한 존재로 느껴졌다.

아니 자신의 목숨이 어떻게 주인에 대한 충성심보다 더 중요하단 말인가? 대관절 목숨에 상하귀천이 따로 있을 수 있다는 말인가? 그렇다면 제 목숨 귀중한 줄 모르는 그 암소는 차라리 죽어 마땅한 존재이지 않을까? 이것이 임돌의 생각(?)이었다.

그러한 임돌이가 암소 잡는 주인의 딸에게서 아들을 얻으니. 바로 그 아이가 임꺽정이었다….

그렇다면 임돌은 왜 그 같은 생각을 하게 되었을까? 모진 생각을 다하게 되었던 것일까?

평소 그에게 도저히 용납될 수 없었던 건 '강요받는 부당한 굴욕'이었다. 자신이 그토록 증오하던 강요받는 부당한 굴욕의 자세를 푸줏간 안으로 끌려가던 그 암소에게서 본 것이다. 암소의 굴욕에서 다름 아닌 인간의 굴욕을 보았기 때문이다.

조선왕조의 신분사회에서 백정은 상민에게 굴욕당해야 했다. 같은 양반이라도 출세하지 못한 자는 출세한 자에게 굴욕을 당하고 살아야 목숨과 위신이 보장될 수 있었다.

임돌은 왕조사회의 신분제라는 질곡을 그동안 숱하게 보아왔다. 자신 또한 그 같은 사회체제 안에서 목숨과 위신을 보장받으며 살아가야 하는 굴욕의 운명을 목격한 것이다.

그래서 저항다운 저항조차 해보지 못한 채 굴욕당하고 마는 정신의 목숨은 죽어 마땅하다고 생각했다. 그런 정신의 목숨으로 살아가느니 차라리 죽는 편이 더 낫다고 보았다.

이처럼 작품 안에서 그려지고 있는 임돌이란 등장인물은 결코 단일한 성격의 인물이 아니다. 주위의 환경에 복잡하면서도 미묘한 반응을 보이는 복합적인 성격의 인물인 데다, 더욱이 어떤 상황에 따라서는 성격의 변화 또는 갈등하는 것을 볼 수 있다.

그러나 작금의 역사소설에서는 E. M. 포스터가 설명하고 있는 평면적 인물과 입체적 인물의 구분이 별 의미 없어 보일 때가 많다. 단순히 이분법적 인물 말고도 정형과 개성, 평면적인 면과 입체적인 면을 동시에 가진, 따라서 더욱 복잡 미묘해진 등장인물들이 속속 만들어지고 있음을 흔히 목격하게 되곤 한다.

② 등장인물의 성격

앞서 설명한 대로 역사소설이나 역사평설, 인물평전에서 '누가(인물) 왜 그 같은 (역사)사건을 일으켰는가?'라는 명제를 이야기하는 것이라고 전제했을 때, 인물이 차지하는 비중은 그만큼 절대적일 수밖에 없다. 따라서 작가는 인물에 성격을 파악하고, 그러한 성격의 인물을 묘사하는 데 주력하게 된다. 여기서 인물 묘사란 곧 등장인물의 성격 묘사를 의미한다.

또 그 같은 성격 묘사는 있는 그대로의 성격을 겉으로 고스란히 드러내어 보이는 직접 묘사와, 사건의 전개 속에서 따로 설명 없이 사고나 행위를 통해서 성격을 은유적으로 드러내어 보이는 간접 묘사로 나누어 볼 수 있다.

• 설명에 의한 묘사

먼저 예문부터 들기로 한다. 이외수의 소설 「물」과 권경희의 소설 「저린 손끝」 중에서 한 부분이다.

개학이 되었다. 예상대로 나는 급우들로부터 여전히 놀림감이 되기 시작했다. 나를 놀린다는 사실만은 누구에게도 정당방위처럼 하등의 죄가 되지 않은 행위로 인식되어져 있는 것 같았다. 급우들은 언제나 내가 새로운 놀림감의 소재를 만들어 내기를 기대하고 있는 것 같았다. 다른 녀석이 무슨 일을 저지르면 대수롭지 않게 넘어가 버리면서도 내가 무슨 일을 저지르면 대단히 재미있는 사건처럼 화제를 삼기 일쑤였다.

"경수네 아버지 말이지, 국회의원에 출마해서 말이지, 돈을 물 쓰듯 썼는데 말이지, 어떻게 되었냐 하면 말이지."

… 〈중략〉 …

나는 나 자신이 싸움에 도통 소질을 타고나지 못했다는 사실에 대해 수시로 한스러움을 금치 못했다. 권투를 배우든지 태권도를 배우든지 해야겠다고 자주 이를 악물어 보기는 하지만 그 순간만 지나고 나면 도무지 용기가 생기지 않았다. 나는 너무나 운동신경이 둔하다는 사실을 스스로 잘 알고 있었으며, 권투도장에서도 태권도장에서도 놀림감만 되리라는 두려움은 여전했던 것이다….

오정아는 아무나 좋아할 여자가 아니었다. 더구나 실현성도 없이 모두가 잘 사는 세상을 꿈꾸는 시골 학교 선생을 좋아할 리 만무한 여자였다. 그런 상황의 사람과는 잠깐의 로맨스조차 자기 스스로가 용납하지 않은 성격이었다. 그런데 자기보다 못 배우고 어리석고, 충청도 무지랭이 냄새가 물씬 나는 원종일을 좋아할 리는 만부당한 일이었다. 그런 불가능한 사랑을 바라만 보다가 상대가 죽은 지금 원종일은 어쩌면 마음속 깊이에서, 자기가 인식하지 못할 마음속의 아주 구석진 곳에서 내 사랑을 아무에게도 빼앗기지 않았다는 안도감을 느끼고 있어 지금 심정은 오히려 평화로울 수도 있을 것이다….

두 작품의 예문에서 볼 수 있는 것처럼, 「물」에서의 나는 급우들의 놀림감이 되고 있을 만큼 의지박약한 인물로, 「저린 손끝」에서의 오정아와 원종일은 깐깐하고 우둔한 성격으로 각기 묘사되고 있다. 하지만 「물」에서는 직접적인 표현으로 등장인물 나를 그리고 있는 반면에, 「저린 손끝」에서는 두 사람의 관계를 대비시키면서 인물의 서로 다른 성격을 드러내어 보이는 간접적인 형식을 취하고 있음을 볼 수 있다.

• **몸짓에 의한 묘사**

예문은 이문구의 소설 「김탁보전傳」 중에서 한 부분이다.

탁보는 방으로 기어 들어간다. 웃통을 벗어 휘둘러 모기를 내쫓는다. 그러다가 그냥 쓰러져 코를 곤다. 역말댁도 빵 봉지를 도로 넣고 방으로 기어든다. 온종일 땀을 흘려, 시척지근한 냄새가 방안에 가득하다.

그녀는 모기 때문에 입은 옷 그대로 탁보 등을 지며 보리쌀 자루로 베개 하여 다리를 뻗는다. 우르르르…. 천둥이 하늘을 쪼갤 듯하나 역 말댁 귀엔 모깃소리뿐이다.

갯바닥에 도깨비불이 요란하면 비가 온다고 일러왔다.

한밤중이 되니 정말 비가 쏟아졌다. 다짜고짜 퍼부으니 억수였다.

탁보 내외는 비가 새어 방바닥이 흥건하도록 곤히 자고 있었다. 그 사이 뒷산 공동묘지에 내린 비는 삽시간에 큰물이 졌고, 토사를 몰고 쏟아져 내려, 탁보네 굴뚝 옆으로 뚫린 개울은 금방 넘실거리며 흘렀다….

어떤가? 많은 비가 쏟아져 내려 큰물이 지고 있는 줄도 모른 채 힘든 하루 농사일을 마치고 곤한 잠에 떨어져 있는, 순박한 성격의 시골 촌부가 직접적으로 생생히 그려져 있지 않은가?

• 행위 또는 얼굴 표정에 의한 묘사

그는 신중하고 차분한 눈길로 새 장을 하나하나 훑어나가고 있었다. 때로는 금새를 사버린 것처럼 조롱 속을 유심히 들여다보기도 하고 때로는 조롱 속으로 손가락까지 뻗어 넣으면서 녀석들의 주의를 끌어보기도 하였다. 하지만 사내는 그때마다 녀석들에 대한 자신의 충동을 잘 견뎌내고 있었다.

이를테면 그는 그런 식으로 자신의 충동을 참아가면서 단 한 마리의 새를 사 날려 보낼 자신의 기회를 오래오래 아끼고 즐기는 것이었다. 아니, 사내는 그렇게 자신을 즐기면서 끈질기게 무언가를 찾아 기다리고 있는 것이었다. 그건 다만 손님들이 그 방생의 집을 모두 떠나가고 가게 안의 젊은이와 자신만이 남게 될 시간일 수도 있었고, 혹은 그가 날개를 사줄 녀석을 위한 어떤 특별한 인연에의 기다림 같은 것일 수도 있었다….

예문은 이청준의 단편소설「잔인한 도시」의 한 부분이다. 신중하게 새를 고르는 행위를 통하여 나라고 하는 등장인물이 어두운 현실과 밝은 이상을 동시에 지향하고 있는 성격으로 간접적으로 묘사되고 있음을 볼 수 있다.

• 대화를 통한 묘사

"이게 무엇이냐."

임상옥은 큰스님이 가리킨 손끝을 보았다. 그곳엔 아무것도 없었다. 그래서 임상옥이 대답하였다.

"허공입니다."

"허공이 보이느냐."

"보이지는 않습니다."

"보이지는 않지만 허공이 있느냐."

"있긴 있습니다."

"그런 너는 그 허공을 잡아올 수 있겠느냐."

임상옥은 대답하였다.

"잡아오도록 하여 보겠습니다."

"그럼 잡아오도록 하여 보아라."

임상옥은 파리채를 들어올려서 허공에서 빙빙 돌려보았다. 어느 한순간 임상옥은 파리채로 타악, 소리가 나도록 허공을 후려쳤다.

"잡았습니다."

"잡았으면 허공을 보여다오."

임상옥이 파리채를 들어 올리자 석숭이 큰소리로 말하였다.

"허공이 어디 있느냐. 보이지 않지 않느냐."

순간 석숭은 파리채를 들어 임상옥의 머리통을 세차게 후려쳤다. 임상옥은 무안해서 겸연쩍은 얼굴로 물었다.

"그렇다면 큰스님께서는 허공을 잡을 수 있습니까."

"나야말로 잡을 수 있지."

"그럼 허공을 잡아 보여주십시오."

"보여주다마다."

석숭은 갑자기 옷소매를 걷었다. 그는 두 손을 휘둘러 허공을 향해 내저었다. 어느 순간 그 손은 전광석화처럼 빠르게 임상옥의 얼굴을 향해 내리꽂혔다. 그 손은 임상옥의 코를 잡아 비틀었다.

"바로 이것이다. 이것이 내가 잡은 허공이다…."

예문은 최인호의 대하소설 「商道」의 한 부분이다. 작품 속에 등장하는 진지한 성격의 임상옥과 넉넉한 품이 느껴지는 큰스님이 산방에 호젓이 앉아 선문답을 나누고 있다. 깨달음을 찾는 자와 깨달음을 주고자 하는 자의 대화가 마치 일상의 대화처럼 부담 없이 오가고 있음을 볼 수 있다. 이같이 등장인물 간에 대화를 통해서 직접 또는 간접적으로 등장인물의 성격을 설정하기도 한다.

시점 만들기

역사 글쓰기를 하는데 '시점視點' 또한 결코 빼놓을 수 없는 조건이 된다. 역사 글쓰기를 할 때 같은 사건이나 등장인물을 다루고 있으면서도 과연 어떤 관점에서 그 같은 이야기를 그려나가고 있느냐에 따라 서술이 사뭇 달라진다. 다시 말해 작가가 표현해내고자 하는 의식의 관점, 이른바 '카메라의 눈'이라고 말할 수 있는 서술의 양식이 곧 시점point of view이라고 말할 수 있다.

물론 여기에는 다시 몇 가지 형식으로 나누어진다. 주관적主觀的인 시점, 객관적客觀的인 시점, 전지적全知的인 시점, 그리고 부분 또는 모두 다 섞여 있는 종합적綜合的인 시점 등이 그것이다.

① 주관적 시점

사람들은 아버지를 난장이라고 불렀다. 사람들은 옳게 보았다. 아버지는 난장이었다. 불행하게도 사람들은 아버지를 보는 것 하나만 옳았다. 그 밖의 것들은 하나도 옳지 않았다. 나는 아버지, 어머니, 영호, 영희, 그리고 나를 포함한 다섯 식구의 모든 것을 걸고 그들이 옳지 않다는 것을 언제나 말할 수 있다. 나의 '모든 것'이라는 표현에는 '다섯 식구의 목숨'이 포함되어 있다. 천국에 사는 사람들은 지옥을 생각할 필요가 없다. 그러나 우리 다섯 식구는 지옥에 살면서 천국을 생각했다. 단 하루라도 천국을 생각해보지 않은 날이 없다. 하루하루의 생활이 지겨웠기 때문이다. 우리의 생활은 전쟁과 같았다. 우리는 그 전쟁에서 날마다 지기만 했다. 그런데도 어머니는 모든 것을 잘 참았다. 그러나 그날 아침 일만은 참기 어려웠던 것 같다….

예문은 주관적인 시점으로 사건이나 등장인물들을 다루고 있는 조세희의 장편소설 「난장이가 쏘아올린 공」의 한 부분이다. 예문에서 볼 수 있듯이, 독자가 1인칭인 '나'의 생각 속에서 소설 속의 사건이나 등장인물들을 만나 서술해 나가는 (카메라의 눈)시점이다. 따라서 서술 방식이 상당히 주관적으로 바라보고 있음을 알 수 있다.

② 객관적 시점

길산은 칼등으로 맹산현감의 뒷덜미를 가벼이 내리쳤고, 그는 정말 목이 달아난 듯이 머리를 이불 위에 박고 엎어졌다. 길산은 관가를 빠져나와 망을 보던 선일과 함께 북창을 지나 매화령으로 향하였다.

"성님, 이제 어디로 가오?"

선일이 따라 걸으며 길산에게 물었다.

"곤하겠지만 강동까지는 부지런히 가야겠네. 거기서 봉노를 잡아 하루를 푹 쉬고 해서로 내려가야지."

"정말 우리가 따라가도 되우?"

길산은 선일의 새삼스러운 물음에 슬그머니 짜증이 나서 불쑥 말했다.

"고향에도 못가겠다 하는 사람이 할 짓이 따로 있을까. 나는 화적질하러 고향에 가네만…."

"화적이오?"

"구월산에 있는 녹림패에 들어가려구 돌아가는 길이지."

그러나 선일은 별로 놀라지 않았다. 허나 오히려 신명이 나는 모양이었다.

"알고 보니 성님이 두령이구려."

"왜 께름헌가. 지금이라도 등을 돌리면 홀가분하겠는걸."

"허허, 우린 시방 몰린 신세요. 성님이 아니더라도 몽둥이를 꺾어

들고 두무령 고개를 잡을 판이었수….”

예문은 황석영의 대하소설 「장길산」의 한 부분이다. 예문에서 볼 수 있는 것처럼 객관적인 (카메라의 눈)시점이란 작품 속의 사건이나 등장인물을 인식하는 의식의 관점이 3인칭인 ‘그’로 표현되는 객관적인 서술 양식을 가리킨다.

③ 전지적 시점

작년 이맘때쯤, 그가 일행과 함께 금성에 있는 루울시市로 공연갔을 때, 타고 가던 우주선의 고장으로 낯선 고원에 불시착한 적이 있었다. 고원 상공에서 갑자기 발생한 회오리바람에 실려 온 우주 먼지들이 우주선 후미의 연료분사기에 고장을 일으켰던 것이다. 몇 시간 안 되어 그들을 구조하러 스페이스 셔틀이 도착했다. 하지만 구조된 그는 사고 시 급속한 하강의 충격으로 심한 정신착란을 일으켰다. 특히 감각기의 혼란에 의해 구토와 더불어 심한 우울증에 빠졌다.

공연은 자연 취소되었다. 그리고 그때부터 복용하기 시작한 약물로 그는 점차 만성 중독이 되어가기 시작했다. 그의 주치의는 그 후 계속 그에게 장기 입원 및 중추수술을 권했지만 그는 이번 공연까지 그저 미루어온 터였다. 또한 그때부터 시작된 것 같은 인기의 하락세는 그의 우울증을 더욱 심각하게 하면서 그의 미래를 자꾸 좀먹고 있었던 것이다….

김진우의 소설「인기관리인」의 한 부분이다. 예문은 3인칭의 관점에서 서술되고 있다. 하지만 이러한 서술은 아무래도 앞서 살펴본 예문의 객관적인 (카메라의 눈)시점과는 왠지 그 분위기가 사뭇 다르다는 것을 알 수 있게 한다.

예컨대 객관적인 시점이 '그'라고 하는 3인칭 시점을 통해서만 관찰하는 서술인 데 반해, 예문에서 볼 수 있는 것처럼 작가가 3인칭으로 언급하고는 있으나 사건과 등장인물을 마치 위에서 모든 것을 부감으로 내려다보듯 서술하고 있는 양식을 전지적인 시점이라고 일컫는다.

④ 종합적 시점

내 동생 얘기를 해야겠다. 동생 녀석은 정말 잘 생긴 녀석이라고 할 수 있지. 삼삼하게 생겼어. 공갈 하나도 보태지 않고 말하지만, 난 어느 영화배우도 내 동생 녀석만큼 생겼다고 생각하지 않아.

녀석이 좋아하는 낡은 골덴바지에 목을 덮은 검은 빛깔의 스웨터를 입고 앉아서 기타를 튀기는 모습을 보노라면 난 자식이 내 동생이면서도 이뻐서 죽겠어.

거기에다 노래도 기가 막히게 부르거든. 자식의 목소리는 근사해.

목소리에 질긴 끈이 엉켜 있는 것 같아. 편물기 속에서 살이 가로세로 직조되듯 녀석의 목소리는 마구 엉켜있는 것 같기도 하고 때로는 정연하게 풀어지거든.

나하고 동생하고 한 살 차이야. 누가 형이냐 하면 그야 물론 내가 형이지. 나는 대학교 삼학년, 녀석은 다니지는 않지만 이학년의 나이야.

하지만 우리들의 쌍판은 영 다르게 생겨 먹었어. 녀석에 비하면 나는 키가 작고 눈도 작은 편이지만 몸무게만큼은 내가 더 나가고 있어. 왜냐하면 내가 녀석보다는 불알이 크니까 말야.

… 〈중략〉 …

동생에게 있어서 그 새로운 모든 것은 차라리 한번 삼켰던 음식을 다시 꺼내 되새김질하는 초식동물의 저작詛嚼과 같은 자기 확인이라고 할 수 있겠지.

지난날에 삼킨 그 음식이 과연 꿈이 아니었던가, 꿈이 아니고 실제로 현실에 존재하였던 것인가, 그것을 확인하러 찾아가는 것이라고 할 수도 있겠지. 아니면 그 혀 짧은 계집년의 목소리는, 옷깃은, 육체는, 그 모든 것은, 동생의 눈에 새롭게 비쳐졌기 때문인지도 몰라.

왜냐하면 그 계집년은 동생이 경험한 최초의 여인이었으니까. 동생이 대화를 나눈 최초의 여인이었으니까. 거기에다 그 최초의 대화에 더 깊은 육체를 가르쳐준 여인이었으니까….

예문은 최인호의 장편소설 「내 마음의 풍차」 가운데 한 부분이다.

예문을 보면 '나'라는 1인칭 화자의 (카메라의 눈)시점에서 서술되는 것처럼 보이나, 좀 더 자세히 들여다보면 '나'라는 1인칭 화자를 통하여 실질적으로는 '동생'이라는 3인칭 시점을 객관성 있게 묘사하고 있음을 볼 수 있다. 이렇듯 '나'라는 1인칭의 주관적인 시점과 '동생'이라는 3인칭의 객관적인 시점이 교직하여 서술되는 양식을 종합적인 시점이라고 일컫는다.

특히 이러한 시점은 1인칭 시점의 주관적인 표현과 3인칭 시점의 객관적인 표현을 작품 속에서 동시에 획득하고자 의도할 때 흔히 채택하게 되는 서술 양식이다.

그러나 예문에서 볼 수 있는 것처럼 이 같은 시점에서는 '나'가 주인공이 될 수 없다. 주인공은 '동생'이 되어져야 한다. 다시 말해 '나'의 서술을 통해 '동생'이라는 주인공을 객관적으로 그려내는 의도인 것이다.

종합적인 시점의 예문 하나를 더 들어보기로 하자. 프랑스 태생의 작가 줄리에트 모리오가 서울대 교수 시절 펴낸 역사소설인 「운현궁」의 한 부분이다.

> 저하께서 아홉 살이 되려 했을 때입니다. 나는 말의 해, 임오년(1882) 이월을 맞아 저하를 약혼시키고 혼인시키려 결심했습니다.
>
> 나는 궁중 간택시험에 대해 불쾌한 추억을 지니고 있었고, 저하의 장래의 지어미의 기분을 고려하여 규칙을 무시하고 저하를 위해 막

열한 살이 된 나의 종친 민태호의 딸을 선택했습니다. 예쁘장한 그녀의 강렬한 눈빛이 나의 시험에 임해서 보여준 그녀의 세련된 예절만큼이나 나의 마음을 끌었습니다. 진정한 민씨 규수라면 저하에게 완벽한 지어미가 될 것이었습니다.

나는 저하에게 나의 의사를 전했었습니다. 그 소식은 저하에게 아무런 감흥도 일으키지 않았습니다. 나는 저하의 아름다운 눈 속에 어리는 의문의 그늘이 무엇인지 알 수 없습니다. 저하가 내게 보이는 순종적인 태도는 나의 마음을 거스를 수는 없습니다. 어느 에미가 자신의 아들이 자신에게 경의를 표하는 것에 대해 불평을 한단 말입니까?

그럼에도 불구하고 나는 저하의 얼굴에서 보다 많은 호기심을 읽을 수 있기를 바랐던 것 같습니다. 저하의 부친에게서 물려받은 그 같은 소극적인 태도는 저하를 야심가들이나 모략꾼들의 먹이가 되게 할 것입니다. 그러니, 나의 아들, 세자저하, 저하의 천성에 대해 조심하소서. 누구에게도 저하에게 저하의 기분을 강요치 못하게 하소서. 저하의 의지가 파도에 휩쓸린다고 느끼신다면, 맑은 물에 담근 막대기로 자신의 몸을 치소서. 불안이 야기하는 내부의 혼란을 벗어나기 위해 그보다 더 나은 방법은 없습니다….

이 작품은 '(왕비)나'라는 1인칭의 주관적인 표현과 '(왕세자)저하'라는 3인칭의 객관적인 표현을 서로 교직하여 서술하는 양식을 보여주고 있다. 1인칭 시점의 주관적인 표현과 3인칭 시점의 객관적인 표현을 작품 속에서 동시에 획득하고 있는, 종합적인 시점을 채택하고 있음을 볼 수 있게 된다.

독창성 만들기

우리의 정서에는 흔히 다른異 것을 좀처럼 참아내지 못하는 경향이 있다. 예컨대 낯선 것을 두려워한다. 배척하기 일쑤다. 불확실한 것은 한사코 피하려 든다. 외국인들이 우리를 일컬어 융통성이 부족하고 외곬이란 소리를 자주 듣는 것도 그런 이유에서다.

옳은 지적이다. 더구나 이런 성질들만 가졌다면 별 문제없이 간단할 수도 있다.

그러나 글쓰기의 세계는 좀 다르다. 역사 글쓰기 곧 역사소설이나 역사평설, 인물평전 역시 다른 것을 요구한다. 독창성이란 미명 아래 곧잘 낯선 무엇이 요청되고는 한다. 아니 역사 글쓰기에서 성공하기 위한 조건은 곧 독창성이라고 아예 못을 박는다. 다들 입을 열었다 하면 먼저 그것부터 들먹이고는 한다.

그럼 독창성이란 어떤 것일까? 우선 판에 박힌 세계, 빤한 세계, 예측이 가능한 세계, 고정관념에 물든 세계, 자동성의 세계가 아닌 것만은 분명하다. 오히려 그런 세계를 산산이 부수어 깨뜨릴 때 비로소 보이기 시작하는 어떤 알 수 없는 삐딱함, 새로운 발견이라고 말할 수 있다. 스스로 창조적 해체와 파괴의 과정을 경험할 때, 오직 그 같은 경험의 형식을 통할 때만이 마침내 눈에 보이기 시작하는 신천지를 뜻한다.

또 이 같은 독창성을 말할 때면 으레 들먹이는 게 있다. 자기와 같은 우리의 옛 그릇이 그것이다.

옛 자기로 말하면 우리는 한때 지구촌에서도 손꼽히는 높은 수준을 자랑했다. 지금은 그 높은 수준을 이어가지 못한 채 자기의 종주국 위치마저 뿌리째 흔들리고 있지만 말이다.

한데 지구촌의 자기 역사에서 혁혁하게 빛났을 뿐만 아니라 '사람의 손으로 어떻게 이런 작품을 만들 수 있었느냐?'며 일본인들이 그만 까무러쳤다던, 바로 그 같은 우리의 옛 자기에 딴죽을 걸었던 적이 있다. 우리의 옛 자기를 보고서 다소 불만 섞인 눈길을 보낸 적이 있었던 것이다.

우리 옛 자기의 아름다움이 '완벽'하다는 것은 의심할 여지가 없다. 일본인들은 입에 침이 마르도록 찬사를 아끼지 않는다. 볼 적마다 가슴 깊숙이 적셔 드는 은은함에 그만 마음을 빼앗기고 만다며 부러워한다.

그러나 옥의 티라고나 할까? 우리 옛 자기의 맨 밑바닥 쪽 마지막 터치가 매번 눈에 거슬리는 아쉬움으로 남았다. 하나같이 말끔하게 처리되지 못하고 마치 만들다 만 것처럼 되어 있고는 했다.

비단 고려청자나 조선백자만이 아니다. 다른 형태의 우리 옛 그릇

들 역시 왠지 그 마지막 처리가 매끄럽지 못하기는 마찬가지였다.

왜 그랬을까? 상감으로 새겨 넣은 비상하는 학이며, 더할 나위 없는 황금 비율의 조형미, 그 속에 더도 덜도 아닌 하늘빛의 속살로 물들은 완벽한 걸작을 우리의 옛 도공들은 만들어 낼 줄 알았다.

한데 왜 마지막 처리에 가서는 그같이 대충 끝내고 만 것인지 도대체 알 수 없는 노릇이었다. 그 점이 못내 불만이었다.

그러다 세월이 한참 흐른 뒤에야 비로소 깨닫게 되었다. 그것은 다름 아닌 자연미, 이른바 독창성이었던 것이다.

모든 것이 완벽하다면 그건 인공미이다. 자연미라고 말하기 어렵다. 자연이란 완벽하고 빈틈없는 데에선 절대 나타나지 않는다. 모든 것이 완벽하고 빈틈이 없다면 오히려 불안하고 위험해진다. 그처럼 완벽하게 결점이 없다는 건 또 언제 어떻게 그 같은 완벽함이 깨질지 모르기 때문이다.

게다가 완벽함이란 변화를 거부한다. 하지만 변화하지 않으면 살아 있는 것이라고 볼 수 없다. 살아 있는 것과 죽은 것의 차이란 결국 유연과 경직의 거리였기 때문이다.

그래서였으리라. 그 때문에 일부러 불완전하게 남겨둔 것이다. 마지막 터치를 아쉽게 남겨둠으로써 인위와 무위가 조합되어 마침내 극치를 이룰 수 있었다. 아마도 우리의 옛 조상들은 그 같은 눈썰미를 그때 벌써 이해하고 있었던 듯싶다.

그렇다. 완결하다는 것과 완결하지 못하다는 것을 둘이 아닌 하나로 보는 마음이었다. 둘이 따로 별개가 아닌 섞일 수 있는 존재, 섞일 수록 더욱 새로워지는 '불이不二의 세계'였다. 그 같은 유연성에 생명력이, 곧 독창성이 깃들어 있다고 본 것이다.

그렇다면 그 같은 불이의 세계를 어떻게 하면 만들 수 있을 것인가? 이미 굳어진 세계를 산산이 부순다고 독창성의 세계가 열릴 수 있는 것일까?

흔히 사람은 무언가 깨달을 때 비로소 독창성을 발견할 수 있게 된다고 말한다. 무언가 깨달았을 때 일종의 차원 이동이 된다는 얘기다.

이 세계에서 저 세계로 이동할 때 신천지가 열림을 목격한다. 깨달음과 동시에 이미 굳어진 세계는 산산조각이 나 깨어지고 지금껏 볼 수 없었던 신천지가 열리기 시작한다. 알에서 깨어 허공을 비행하는 낯선 세계가 마침내 펼쳐지는 것이다.

어디 비단 깨달을 때 만이겠는가. 또 다른 방법도 있다. 사랑을 할 때 역시 다르지 않다.

사람은 사랑을 할 때 독창성을 경험한다. 사람이 사랑을 할 때 전혀 다른 세계, 다른 차원을 목격하곤 한다. 지금껏 보이지 않던 미지의 신세계가 사랑하는 사람에게서 펼쳐진다. 사랑에 빠진 이는 사랑에 눈이 멀어 이 세계에 눈감고, 저 세계에 눈뜬 이가 된다. 한 세계의 해체와 다른 세계의 창조를 경험케 되는 것이다.

독창성은 이처럼 어떤 학습이나 모방에선 나오지 않는다. 깨달음이나 사랑을 할 때와 같이 이미 굳어진 세계를 부수고 깨뜨려 넘어설

때, 이 세계에서 저 세계로 이동할 때, 비로소 솟아 나오는 낯선 목격이다. 어떤 방법에 의해서가 아니라 다른 눈씨나 시각을 가질 때 마침내 전개되는 새로운 발견이다.

그런 만큼 독창성을 찾는다면 어떤 방법에 기대선 안 된다. 오직 다른 시선으로 깊이 침잠할 수 있어야 한다. 그 속에서 깨닫고 사랑하지 않으면 안 된다. 그럴 때만이 사랑에 눈이 멀고 깨달음에 눈뜬 이가 된다. 한 세계의 해체와 다른 세계의 창조를 마침내 경험할 수 있게 되는 것이다.

5

제5장

원고 집필에 들어가다

새는 알에서 나오려고 몸부림친다. 알은 세계이다. 태어나려는 자는 하나의 세계를 스스로 깨뜨려야만 한다.

– 헤르만 헤세

제 5 장

원고 집필에 들어가다

원고 집필의 시작점

누구나 마찬가지이겠지만, 역사 글쓰기의 첫 작품을 쓰기까지에는 몇 번의 단계를 거치게 된다. 예컨대 관찰 → 모방 → 수업 → 연습이라는 습작 단계를 거치기 마련이다. 원고 집필은 이처럼 몇 가지 준비 단계를 거치고 난 다음에야 비로소 들어가게 되는데, 이때 과연 어떤 이야기를 어떻게 써야만 좋을까 하는 방법론에 직면하게 된다.

더욱이 첫 번째 도전인 만큼 으레 지나친 의욕에 빠지기 쉽다. 그 같은 함정에 빠져서는 헤어나기 어렵다고 스스로 다짐을 하면서도,

흔히 자신의 역량에 버거운 이야기에 매달리다 결국 끝을 맺지 못하고 중도에서 포기하는 경우를 종종 보게 된다.

충분히 이해가 간다. 참으로 비장한 결심 아래 시작했다는 걸 인정한다. 그런 의욕마저 갖지 않았다면 그나마 거기까지라도 어떻게 헤쳐갈 수 있었겠느냐며 오히려 두둔해주고 싶다.

그래서 하는 말이지만, 어떤 경우라도 중도에 포기하는 것만은 삼가자. 마음에 좀 들지 않더라도, 벌써 몇 번씩이나 내팽개쳐버리고 싶은 충동이 굴뚝같다 하더라도, 처음 가는 길은 누구나 힘들다는 걸 스스로 받아들이지 않으면 안 된다.

여러 번 요청하지도 않을 생각이다. 딱 이번 한 번만이다. 우선 큰 맘을 먹길 바란다. 일단 원고 집필을 무조건 완성하는 인내 쪽으로 선택하자. 마음에 들고 안 들고를 떠나 첫 작품은 먼저 끝까지 가보는 것이 절대 중요하다.

다시 말하지만, 첫 작품을 쓸 때는 대개 다시 고쳐 쓸 수 없다는 강한 자기 집착에 빠지기 쉽다. 때문에 자신의 모든 역량을 쥐어짜게 된다. 또 그러다 보면 문제의 어려움에 스스로 빠져들기 마련이다.

그러니 어깨에 힘을 빼라. 생각을 유연하게 갖자. 다시 고쳐 쓸 수 없는 마지막이 결코 아니다.

실은 고작 이제 초고草稿 쓰기에 불과한 작업임을 잊지 말아야 한다. 부단한 인내로 초고 작업을 끝낸 다음에도 다시금 원고를 고쳐 쓰는 작업, 곧 퇴고推敲 작업이 기다리고 있다. 그 같은 퇴고 작업을 거듭할 때만이 비로소 완성도 높은 작품을 세상에 내놓을 수 있게 된다는 걸 잊지 말기를 바란다.

그런 만큼 첫 작업을 할 때는 무엇보다 멀리 보는 자세가 중요하다. 다시 고쳐 쓸 수 있다는 안이한 생각으로 처음부터 허술한 작업이 되어서도 물론 곤란하겠지만 말이다.

아무렇든 그 같은 마음가짐으로 먼저 첫 작품을 쓰기 위한 소재부터 찾아 나서야 한다. 물론 여기에도 원칙은 있다. 앞서 설명한 대로 자신의 역량에 버거운 소재보다는, 일단 자기 주변에서 쉽게 접근할 수 있는 것부터 찾아라. 자기가 가장 잘 알 수 있는 소재를 선택하는 것이 가장 바람직하다.

그러니까 아직은 문단에 등단하기도 전의 일이다. 어쩌다 첫 번째 장편소설을 그때 이미 쓰게 되었다. 평소 알고 지내는 유명 출판사에서 추리소설을 써달라는 청탁을 받았다. 청탁받고 과연 어떤 소재로 쓸 것인가를 고심하다, 결국 그 같은 문법에 따랐다. 자신이 가장 잘 알 수 있는 소재를 고르기로 한 것이다.

당시 나는 〈월간 야구〉 편집장이었다. 그리고 현장 취재 중에 메모한 '어떤 이야기'에 주목했다. 과연 첫 작품 「마운드의 틈입자」에서 그 '어떤 이야기'가 어떻게 구성에 들어가 있는지 예문을 통해서 살펴보기로 하자.

털보는 빙글빙글 웃을 뿐 다시금 저벅저벅 다가서고 있었다.

(이 몹쓸 인간 흉기…!)

석용은 야구공을 손에 쥐고서 호흡을 멈췄다. 남진이가 습관처럼 손에 쥐고 다니던 그 야구공이었다. 코모도호텔의 방을 나설 때 그에게 훌쩍 던져주고 간 거였다.

"가까이 오지 말라고 그랬지?"

석용은 야구공을 쥐고서 뒷걸음질 쳤다. 하지만 그것은 서투른 방법이었다. 곧 자신의 등에 벽이 다가오고야 말았다. 까칠까칠하고 딱딱한 촉감이 그의 등을 가로막아 버린 것이다. 이젠 더 이상 한 발짝도 물러설 수 없게 되었다. 막다른 골목까지 밀리고만 셈이었다.

"봐, 내가 뭐랬나. 그렇게 안 될 거라고 했지, 허허허…."

털보는 막무가내였다. 두 사람 사이의 거리는 점점 더 좁혀져만 갔다. 성급한 재크나이프는 벌써 반짝거리며 석용을 노렸다.

석용은 어느 틈엔가 자신의 손아귀에 쥐어져 있는 야구공을 힘차게 내던졌다. 자신의 수비 위치인 3루 근처에서 포구하여 곧장 1루수 글러브까지 송구하던, 그라운드에서 보여주었던 정확한 솜씨 그대로였다.

"…!"

다음 순간 털보는 우훅, 하는 짧은 단절음을 토해내면서 배를 움켜쥐고 꽈당 나가떨어졌다. 하기는 프로야구 내야수라면 10m 안팎의 거리에서 공을 던져 자신이 목표로 삼은 표적을 적중시키기란 어쩌면 식은 죽 먹기보다 더 쉬운 일일지 모른다. 어쨌든 야구공은 털보의 복부를 향해 보기 좋게 날아가 비수처럼 와락 꽂혀 버렸던 것이다….

그랬다. 〈월간 야구〉 편집장으로 있으면서 현장 취재 중에 우연히 메모하게 된 프로야구 K선수의 실제 사건(?)이 문득 떠올랐다. 사소한 시비 끝에 술집에서 싸움이 벌어졌는데, 도망치는 불량배를 향하여 K선수가 맥주병을 집어던졌다.

무슨 개떡 같은 소리냐고 할는지 모르겠다. 술집에서 맥주병 던지는 꼴을 어디 한두 번 보았냐고 웃어넘길는지도 모르겠다.

하지만 처음부터 그 메모를 눈여겨보고 있었다. 비록 막연하기는 하였어도 뭔가 이야기가 될 성싶은 생각을 쉬 떨쳐버리지 못했다.

한데 K선수로부터 상해를 입은 피해자 측과 경찰에서 사건의 내용을 간단히 보고 있지 않다는데 호기심이 더해 갔다. 요컨대 프로야구 선수가 (굳이 맥주병이 아니더라도)무엇을 집어던졌다는 건 곧 흉기가 될 수도 있다고 보았다. 사람의 목숨까지도 위태롭게 할 수 있다고 본 것이다.

그래, 이건 이야기가 되겠어. '이런 이야기'를 한번 써보기로 하자.

일단 그처럼 이야깃거리의 소재를 찾게 되자, 이후 자료 수집과 함께 다음 단계로 넘어갈 수 있었다. 착상에 이어 곧 구성 단계로 들어갈 수 있게 된 것이다.

메모 그리고 메모, 또 여백 채우기

역사 글쓰기에서의 메모란 지금 쓰고자 하는 대목에서 과연 무엇을 어떻게 풀어나갈 것인가 하는 단상을 사전에 기록해두는 작업을 말한다. '어떤 이야기'를 써보겠다는 착상에 이어 구체적인 구성을 만들어 나가기 위한 작업으로, 구성의 이야기 얼개를 좀 더 세분화시켜 이런저런 생각의 키워드나 파편 따위를 별지에 따로 기록해 놓은 것을 뜻한다.

장편 분량이라는 긴 글을 혼자서 외롭게 써가야 하는 작가에게는 갈림길에서 만나는 이정표라고 볼 수 있다. 긴 글을 전개해나가면서 자칫 방향을 잃을 수도 있는 원고의 흐름을 지켜주고, 상황을 발 빠르게 연결하여 대응할 수 있는 힌트 따위를 일컫는다. 결국 이런 작은 생각들이 하나둘 모여 구성이라는 이야기 얼개의 플롯까지도 얻을 수 있게 된다고 보면 된다.

물론 이 같은 메모 작업을 귀찮게 여긴 나머지, 작품의 구성 작업만으로도 충분하다고 보는 이가 있다. 자신의 머릿속에 그려 넣은 구상만으로도 원고를 집필하는 데 모자람이 없다고 말하는 이를 종종 보게 된다. 도대체 무엇 때문에 번거로운 메모 작업을 또 해야 하는지 모르겠다고 반문할 수 있을 법도 하다.

하지만 역사라는 대단히 폭넓은 상황 속에서 인물과 사건을 보다 치밀하고 논리적으로 전개해야 하는 역사 글쓰기에선, 반드시 이 같은 작업이 뒷받침되어야 마땅하다. 좀 더 완벽한 구성과 전개를 획득할 수 있다는 점에서 메모의 중요성을 강조해두고 싶다.

그러잖아도 나는 유난히 메모를 많이 하는 편에 속한다. 책상의 한쪽 벽면은 언제나 무당집 같은 풍경이다. 이미 작품을 착상하는 단계에서부터 메모가 시작되어 진다.

문방구에서 사온 두툼한 파일을 별도로 마련해서 가제목을 붙인 뒤, 착상 → 구성 → 등장인물들을 만들어 나가는 가운데 순간적으로 떠오른 어떤 연상이나 아이디어, 사료 따위를 적어놓은 메모를 차곡차곡 모아나간다. 또 조금은 귀찮더라도 나중에 장편 분량이라는 망망대해를 혼자 항해할 때를 생각해서 사실적이고 부차적인 설명까지도 가급적 꼼꼼하게 메모해 둔다.

그처럼 시간 속에서 파일 안의 메모가 어느 정도 모아졌다 싶으면, 다시 말해 술독의 누룩이 이쯤 되면 발효되었다고 판단되는 순간, 그때 비로소 작품에 들어가게 된다. 그때 비로소 파일 안에 모아둔 메모를 참고로 본격적인 구성을 하게 되고, 또한 등장인물들을 완성하여 원고 집필에 들어간다.

이때 정해진 시간이나 순서는 따로 없다. 나는 이미 A원고의 집필에 들어가 있는 가운데, 틈틈이 또 다른 B원고나 C원고의 메모를 병행해나가는 방식을 취한다. 때문에 A원고의 집필이 끝날쯤이면 대개 B원고의 메모 파일이 적잖이 모아져, A원고를 마치자마자 곧이어 B원고 착수에 돌입하게 되고는 한다.

참고로 내 작업실에는 애물단지와도 같은 파일 하나가 있다. 아주 오랫동안 메모를 다 채우지 못하고 있는 파일이 그것이다. 조선 중기에 활약했던 애꾸눈 화가 최북崔北을 소재로 한 역사소설을 벌써 20여 년 전부터 착상하고 메모를 모아나가기 시작했으나, 지금껏 파일의 메모가 충분치 못해 집필에 들어가지 못하고 있는 경우다. 아직은 메모 작업이 충분하지 못하다고 생각되어 조금은 더 채워야만 집필에 들어갈 수 있는 파일이다.

아무튼 시간이 얼마나 걸렸든 지 파일의 메모가 어느 정도(?) 채워졌다 생각이 들면, 그다음에는 본격적인 구성 만들기에 들어간다. 이때는 커다란 전지全紙에다 구성을 적어 넣은 뒤, 벽에 붙여두고서 수시로 확인하는 방법도 좋을 수 있다. 작품 구성의 전체 내용을 한눈에 모두 살펴볼 수 있다는 점에서 대단히 효율적이다. 특히 장편 분량의 많고 복잡한 이야기 얼개의 구성을 만들고자 할 때면, 그 편리성이나 효과 면에서 적잖은 도움이 되리라고 본다.

앞서 말한 것처럼 2,500장 분량의 첫 역사소설인 「명성황후를 찾아서」의 경우도 순전히 그 같은 '벽의 전지'를 생각해냈기 때문에 가능했다고 믿어진다. 그렇지 않았다면 원고의 분량도 분량이지만, 그 많고 복잡한 이야기의 얼개를 첫 작업에서 어떻게 다 꿰었을지 지금 생각해보아도 아찔하기만 하다.

이때에도 유의할 점은 있다. 이야기 얼개의 구성을 커다란 전지에다 적어넣을 땐 역사소설의 먼저 구성의 기초 단위인 발단起 → 전개

承 → 절정轉 → 결말結의 4개 부분으로 크게 분류해서, 커다란 전지 위 맨 왼쪽 끝부분에서 아래쪽으로 나란히 배치한다. 나머지 공간은 비워서 넉넉하게 남겨둔다.

그런 다음 원고 집필에 필요한 모든 것을 발단, 전개, 절정, 결말의 4개 부분의 공간에 이모저모 점차 채워나간다. 그동안 파일 안에 차곡차곡 모아졌던 메모들, 예컨대 순간적으로 떠오른 어떤 연상이나 아이디어, 사료나 주요 언행록言行錄 따위는 물론이고, 등장인물의 독특한 습관이나 성격, 사건의 구체적인 내용 등을 공간에 채워가다 보면 자연스럽게 구성의 밑그림이 어렵잖게 그려지게 된다. 마침내 원고 집필에 들어갈 수 있는 준비를 마치게 되는 셈이다.

하지만 아직은 마지막 단계가 남아 있다. 그렇듯 충실하게 만들어진 구성을 다시금 전지적 시각으로 살펴보는 작업이다. 정말 좋은 작품이 될 수 있을 만한 완전한 구성인가를 마지막으로 한눈에 꿰뚫어 점검하는 단계라고 볼 수 있다.

이때 잠시 구성을 덮어둔 채 자신의 작업 공간에서 얼마간 비켜나 보는 것도 바람직하다. 하루쯤 등산을 하거나 여행을 떠나도 좋고, 그렇지 않다면 어디 한적한 강변이나 카페의 창가라도 상관이 없다. 그리하여 자신의 좁은 공간 안에서 키워온 생각들이 과연 세상의 현란한 햇살 아래에서도 그 빛을 발휘할 수 있을지를 한 번쯤 가늠해보는 것이다. 멀리 떨어진 그곳에서 얻게 되는 또 다른 생각들을 다시 한번 작품의 구성 속에 조율시켜 나가는 단계라고 볼 수 있다.

아무렇든 나는 지금도 역사소설이나 역사평설, 인물평전을 집필하게 될 때면 이 같은 연상과 메모, 그리고 완전한 구성을 전지적 시각으로 한 번 더 점검하는 문법에 따르고는 한다. 이어 잠시 구성을 덮어둔 채 작업 공간에서 벗어나 전지적 시각으로 다시금 조율시켜 보는, 곧 그러한 점검 과정을 거치고 있다. 다만 지금은 커다란 전지 대신 보다 작아진 구성 노트를 따로 만들어 쓰고 있지만 말이다.

제목 붙이기

역사소설이나 역사평설, 인물평전에 이르기까지 제목은 곧 그 작품의 얼굴이다. 첫인상이다. 힘들게 쓴 작가의 원고에 대한 독자들의 첫 번째 반응이다. 중요할 수밖에 없는 핵심이다.

물론 인물평전의 경우는 조금 자유로울 수 있다. 필자의 최근작 「율곡평전」에서 볼 수 있듯, 역사 속의 인물에다 그냥 '평전'이라는 장르를 가져다 붙였을 따름이다.

그렇다고 허투루 정한 건 아니다. 고심을 거듭한 끝에 정한 제목이었다. 다른 어떤 것보다 율곡이라는 이름을 딱히 넘을 수 있는 제목이 딴은 또 없다는 판단에 따라 「율곡평전」이라고 정한 것이다.

하지만 인물평전에도 제목을 붙이는 경우가 허다함을 보게 된다. 연암 박지원과 다산 정약용의 「라이벌 인물평전」을 펴낸 고미숙의

「두개의 별 두 개의 지도」가 그 좋은 예다. 신정규가 펴낸 중국 역사 인물 99인의 평전인 「장강에 떠도는 영혼」도 마찬가지다. 독자들과 만나는 첫 번째 이미지를 보다 인상 깊게 하기 위한 제목 붙이기다.

또 이쯤 되면 작가는 제목에 울고 웃지 않을 수 없다. 독자는 첫 이미지가 좋아야 관심이 시작되고, 첫 반응이 나쁘지 않아야 비로소 책장을 넘겨 원고의 첫 문장을 읽어주기 때문이다.

따라서 작품의 제목에 고심하지 않을 수 없게 된다. 작가라면 누구나 신중해질 수밖에는 없는 이유다.

물론 작품의 제목이 처음부터 덜컥 결정되는 경우가 없지는 않다. 제목이 먼저 운명처럼 결정되고 난 뒤 비로소 구성이나 등장인물들이 뒤따라오는 경우다.

그러나 이런 경우는 가뭄에 콩 날 일이다. 대개는 머리를 쥐어짜며 우선 제목부터 찾아 나서기 마련이다.

그런가 하면 장편 분량의 원고가 모두 다 끝날 때까지 끝내 제목을 찾지 못하는 경우도 흔하다. 심할 때는 초고를 끝낸 뒤 퇴고를 마칠 때까지도 마땅한 제목이 생각나지 않아, 제목 없는 원고를 출판사에 그냥 넘기는 작가도 더러 있다고 들었다. 또 중간에 제목이 바뀌는 경우도 흔히 볼 수 있는 풍경이다. 작가에게 제목이란 정말 단순한 문제인 것 같으면서도 결코 간단히 보아 넘길 수 없는 과제가 아닐 수 없다.

이탈리아 작가 움베르토 에코는 '그 작품을 해석하는 열쇠 역할을 하는 것'이 곧 작품의 제목이라고 말한다. 그는 자신의 「나는 '장미의 이름'을 이렇게 썼다」에서 작품의 제목에 관하여 이렇게 덧붙이고 있다.

내 소설의 제목은, 쓰여 질 당시에는 '수도원의 범죄사건'이었다. 그러나 나는 이 제목을 오래지 않아 파기했다. 그 까닭은 독자들의 관심을 미스터리 자체에만 쏠리게 할 가능성이 농후하고, 독자들이 액션으로 가득 찬 약간은 황당무계한 소설로 오해하고 책을 살까 두려웠기 때문이다. 사실 나는 이 소설의 제목을 '멜크의 아드소'라고 붙이고 싶었다. 소설 속에서 아드소가 결국 화자 노릇을 하고 있기 때문에, 상당히 중립적인 데가 있어 이 제목이 썩 좋아 보이기도 했다. 그러나 우리나라(이탈리아)의 출판업자들은 고유명사로 된 소설의 제목을 별로 좋아하지 않는다.

… 〈중략〉 …

네 소설의 제목을 '장미의 이름'으로 하자는 아이디어는 실로 우연히 내 머릿속에서 떠올랐다. 일단 그렇게 정하자고 생각하고 보니 그렇게 마음에 쏙 들 수가 없었는데, 그 까닭은 '장미'라고 하는 것이 대단히 상징적인 것이기 때문이다.

장미의 상징적 의미는, 정확히 의미하는 바가 잘 헤아려지지 않을 정도로 풍부하다. 단테의 '신비스러운 장미'라고 할 때의, '장미 전쟁'이라고 할 때의, '그대는 병든 장미'라고 할 때의, '다른 이름으로 불리는 장미'라고 할 때의, '장미는 장미이고 장미는 장미이다'라고 할 때의, '장미 십자단'이라고 할 때의 장미 등등…. 이런 것들만 보아도 금방 짐작할 수가 있다.

그런데 이 제목이 내가 예상했던 대로 독자들의 주의를 산만하게 했다. 그래서 독자들은 하나의 해석만을 선택할 수 없었다. 혹 이 작품의 결론에 해당하는 시구에 대한 유명론적唯名論的 독서가 가능한 독자라도 맨 끝에 가서야, 나름의 수많은 해석 중에서 하나의 해석을 선택할 수 있었다.

따라서 나의 결론은 이렇다. 제목은 독자를 헷갈리게 하는 상징적인 것이어야 하지, 독자를 조직하는 것이어서는 안 된다는 것이다….

움베르토 에코가 지적하고 있는 것처럼 작품의 제목은 흔히 그 상징성을 강하게 띠고 있기 마련이다. 따라서 제목은 그 작품의 얼굴이라고 일컫기도 한다. 뿐만 아니라 작품의 전체 인상이 바로 제목에 의해 결정된다고 해도 과언이 아니다. 그래서 제목은 어떤 형태로든지 간에 작품의 전체 내용을 함축적으로 상징 또는 암시하고 있어야 하며, 또 그래서 작품의 제목 붙이기는 그만큼 여러 가지 점을 고려하지 않을 수 없게 된다.

필자 또한 예외가 아니어서 작품의 제목을 붙이는 데 이만저만 고심하는 게 아니다. 앞서 설명한 것처럼 착상에 이어, 커다란 전지에 구성이 일단락되고 등장인물들까지 만들어지고 나면, 그다음에는 제목 찾기에 나서기 마련이다. 한데 결벽적인 성격 탓인지 제목이 결정되지 않을 때는 원고 집필에 단 한 발짝도 들어가지 못하는 타입이다.

심지어 '이런 이야기'를 써보아야겠다고 나름대로 기발(?)한 착상은 물론 구성까지 대부분 마쳐놓았음에도, 마땅한 제목이 끝내 떠오르지 않아 책상 서랍 안에 그냥 처박아 두는 일도 없지 않다. 대표적인 예가 필자가 처음 착상한 지 무려 10여년 만에야 마침내 세상에 내놓게 된 역사소설인 「왕의 노래」였다. 소설의 맨 끄트머리 '작가의 말'에 그 연유를 소상히 털어놓았다.

그래서 우리 집 화장실에는 언제나 시집 몇 권이 놓여 있다. 순전히 작품의 제목을 찾기 위한 용도다. 화장실에 앉아 아주 잠깐씩 시집을 읽으면서, 더욱 확장된 상상력으로 작품의 제목 찾는 습관이 꽤 오래전부터 길들여 있다.

마지막으로 작품의 제목 지키기다. 움베르토 에코와 같은 거장도 출판업자의 눈치를 보아야 하는 것처럼 제목은 이따금 작가와 출판업자 사이의 줄다리기가 될 수 있다. 때문에 어렵사리 찾아놓은 제목이 작가도 모르는 사이 엉뚱하게 둔갑해버린 경우도 종종 발생하고는 한다.

필자의 신인 때 벌어진 실제 사건이다. 작품 속에서의 소제목이기도 하였지만, 이야기의 얼개나 상징성으로 보아 '새는 섬에 가서 죽는다'가 깜냥에는 딱히 적합하다는 생각이 들어 제목을 붙인 뒤 출판사에 장편 분량의 원고를 모두 넘겼다. 그런 다음 홀가분한 기분으로 가족과 함께 여름휴가를 떠났다.

그리고 십여 일 뒤 여름휴가에서 돌아왔는데, 때마침 출판사에서 연락이 왔다. 책 표지 인쇄가 떨어졌다며 와서 봐달라고 했다.

한데 출판사에서 본 내 작품의 표지 제목은 '새는 섬에 가서 죽는다'가 아니었다. 이유를 물었더니, 저자하고 연락이 닿지 않아 어쩔 수 없었다는 변명이었다. 휴대전화가 없었던 때라 전화 사정이 그랬던 것도 사실이다.

어쩌겠는가. 이미 엎질러지고 만 물인 걸. 여름휴가를 조급하게 떠나고 만 내 불찰도 크다는 생각에 그만 웃고 말았다. 결국 작품은 그해 여름 죽을 써야 했다.

다시 말하지만, 작품의 제목 붙이기는 대단히 중요하다. 또한 제목을 지키기 위한 작가의 의지 또한 반드시 필요하다. 작가 자신이 동의하지 않은, 출판사의 의견에 무조건 따라선 곤란하다. 그랬다가는 자칫 그해 여름 필자의 원고와 같이 자기 색깔도 잃어버린 전연 엉뚱한 분위기로 탈바꿈할 수가 있음을 밝혀둔다.

등장인물들의 이력서 만들기

착상에 이어 메모와 구성이 완성되어 가면, 거의 동시에 등장 인물들에 대한 상세한 이력서도 아울러 쓰기 시작해야 한다. 이름과 지식의 정도는 물론 신체적 특징이랄지, 습관이나 버릇에서부터, 심지어 옷차림새까지도 시시콜콜 메모해 두길 바란다. 그런 다음 원고 집필에 들어간 뒤에라도 그 같은 등장인물의 이력서를 수시로 들여다 보며 참고하지 않으면 안 된다.

물론 등장인물들은 전적으로 작가가 만들어야 한다. 평소 주변의 인물들을 면밀히 관찰하거나, 혹은 여행 중에 인상적이라고 생각되는 사람을 메모해 두는 습관도 좋은 방법이 될 수 있다.

그렇더라도 등장인물들을 만들다 보면 어려운 부분이 있다. 가공의 인물도 만들어 넣어야 하는 역사소설의 경우 제법 그럴싸한 등장인물의 성격과 역할을 만들어 놓고서도 막상 그 인물의 이름을 어떻게 지어줄 것인가 하는 단계에 이르면 여간 망설여지는 게 아니다.

그건 이름(고유명사)만이 갖는 어떤 특질과 이미지, 다시 말해 이름이 개인의 의식을 함축성 있는 언어로 나타낸다는 데 그 이유가 있는 것 같다. 예컨대 고전 「심청전」에 나오는 가련한 여주인공 '청이'를 두고 결코 퇴폐적이라거나 섹슈얼sexual하다고 말할 수 없는 것처럼, 이름이란 이같이 어떤 정형화된 타입을 동시에 갖게 된다는 점에서 어려움이 있다.

그래서 어떤 작가는 그처럼 합당하면서도 인상적인 이름을 찾아 두꺼운 전화번호 인명부를 부지런히 뒤진다는 얘기도 없지 않았다. 프랑스 작가 플로베르의 소설 「보봐리부인」이 시골 세탁소 이름에서 따온 거라든지, 러시아 작가 파스테르나크의 소설 「닥터 지바고」 역시 찻길이 막혀 무료히 기다리다 우연찮게 길바닥을 내려다보았는데 거기 맨홀 뚜껑에 음각된 '지바고철강회사 제품'이라는 상표를 보고 등장인물의 이름을 지바고라고 붙였다는 것도 그런 데서 연유한다.

첫 문장이 원고의 운명을 결정짓는다

나는 추석이 지나자마자 길을 떠날 작정을 했다. – 황석영 「여울물소리」

내가 김기섭金起燮 회장의 돌발적인 사고 소식을 들은 것은 1999년 12월말이었다. – 최인호 「商道」

샛바람 사이를 긋던 빗방울이 멎자 금방 교교한 달빛이 계곡의 새밭으로 쏟아져 내렸다. – 김주영 「客主」

오늘 엄마가 죽었다. – 알베르 까뮈 「이방인」

솔직히 말해서 내가 처음으로 찰스 스트릭랜드를 알게 되었을 때는, 그가 보통 사람과 다르다는 인상은 조금도 받지 않았다. – 윌리엄 서머셋 모옴 「달과 6펜스」

국경의 긴 터널을 빠져나오자, 눈의 나라였다. – 가와바타 야스나리 「설국」

그날 밤 일본인들은 순 후레자식이었다. – 박상하 「명성황후를 찾아서」

예문에서도 볼 수 있듯이 첫 문장이 갖는 무게란 결코 단순한 게 아니다. 첫 문장에서 이미 작품의 많은 내용을 담아내고 있다. 한 편의 장편을 완성하기 위해서는 많은 문장이 필요하겠지만, 첫 문장이 얼마나 중요한지 위의 예문들은 암시해주고 있다.

역사 글쓰기의 작가라면 누구나 마찬가지이겠지만, 나는 첫 문장을 결코 가볍게 지나치지 못한다. 으레 어떤 계시처럼 맞이하고는 했다. 마치 자신이 쓴 것이 아니라 누군가로부터 툭 내던져진 화두 같은 것이라고나 할지. 지금껏 첫 문장을 그같이 만나고는 했던 것 같다.

이처럼 첫 문장에 스스로 사로잡혀야 한다. 사로잡혀 그다음 문장으로 허둥지둥 끌려 들어가고는 해야 하는 것이다.

물론 첫 문장이 떠오르지 않아 여러 날을 고심했던 적도 부지기수다. 책상 앞을 잠시 떠나보기도 하고, 예의 '낯선 경험' 속으로 들어가 어떤 영감을 더듬대기도 했다. 첫 문장 쓰기가 그만큼 힘이 들기 일쑤였다.

역사 글쓰기에서 첫 문장이 갖는 의미는 이렇듯 단순히 그것을 뛰어넘는다. 첫 문장이 곧 작품의 운명을 좌우한다 해도 좋을 만큼 엄중하다.

예컨대 새로운 사람을 만날 땔 기억해 보라. 무엇보다 중요한 건 첫인상이다. 그것이 바탕이 되어 이후에도 그 사람과의 관계에서 상당한 영향을 미치게 된다. 첫인상만으로 판단한다는 게 자칫 선부르다고 말할 수도 있겠으나, 그럼에도 첫인상이 중요한 건 곧 그로부터 시작이 되어 오래 간직될 수밖에 없기 때문이다.

이처럼 역사소설이든, 역사평설이든, 인물평전이든 간에 첫 문장은 독자와 처음으로 대면을 하게 되는 첫인상이다. 장편 분량의 원고를 끝까지 읽어나가게 하는 힘이 이 첫 문장에서 움터 비롯된다. 어떤 어휘 정제된 표현으로 만날지를 고뇌하고 에너지를 집중시킬 수밖에 없는 대목이다.

따라서 역사 글쓰기의 첫 문장은 어두운 밤하늘에 쏘아 올린 한 줄기 신호탄 같아야 한다. 독자로 하여금 무언가 가슴을 쿵, 하고 세게 쳐야 한다. '도대체 그다음 얘기는 뭔데?'하며 호기심을 갖고 독자 스스로 물을 수 있게 해야만 한다. 그것이 바탕이 되어 미지의 독자와 관계가 맺어지는 결정의 순간임을 잊어서는 안 된다.

그렇다. 첫 문장이 작품 전체의 분위기를 지배한다. 그런 만큼 첫 문장은 장편의 원고를 모두 다 쓴 그 맨 마지막에 쓰는 마침표라는 심정으로 맞닥뜨려야 옳다. 자신의 묘비명처럼 써야 마땅하다.

주위의 사소함으로부터 자유로워지기

필자가 사는 부암동은 서울의 한복판인데도 마치 시골 풍경처럼 한적하다. 사시사철 꿩이 꿩꿩 울어대고, 이따금 딱따구리 · 산꾀꼬리·소쩍새 소리도 들을 수 있다. 한적하고 조용한 동네라서 예술가들도 여럿 산다.

어느 날 우리 이웃집에 명문대 출신이라는 젊은 여성이 이사를 왔다. 30대 중반쯤이나 되었을까 하는 여류작가라고 한다. 아니 그런 소문이 돌았다.

그녀는 새로이 이사를 오자마자 집 단장에 부산했다. 한낮인데도 창문마다 두터운 커튼이 내려지고, 또 창문 안쪽에는 전에 볼 수 없던 '뽁뽁이' 비닐로 온통 장벽을 둘러쳤다. 동네 사람들은 고개를 갸웃거렸지만, 여류작가라니 그럴 수도 있겠다고 수근댔다.

한데 얼마 지나지 않아 젊은 여류작가 집과 그 이웃집에 사는 노부부 사이에 언쟁이 벌어졌다. 노부부의 집에서 들려오는 방충문 여닫는 소리에 글을 쓰지 못하겠다며 젊은 여류작가가 노부부에게 욕설까지 퍼부은 것이다. 경찰이 출동하지는 않았어도 조용하던 동네가 단박 시끌벅적해졌다.

공연스레 식구들의 얼굴 보기가 민망했다. 글을 쓰는 작가라는 신분이 그때처럼 초라하게 느껴졌던 적도 또 없었다.

단언컨대 이런 작가는 오래가지 못한다. 지금까지 몇 작품이나 썼는지 모르겠으나 암만해도 열정을 지속해나가기 어려워 보인다. 경험으로 볼 때 그동안 얼마나 많은 작가들이 탄생했다가 스러져갔던가.

다른 건 몰라도 글은 결코 재주만으로 써지는 것이 아니다. 머리만으로 써지는 것도 아니다. 일정 부분 그런 점도 전혀 없지는 않겠지만, 글은 오직 가슴으로 쓸 때 비로소 지속 가능해진다. 운명처럼 평생 함께 갈 수 있는 자신이 될 수 있다.

결국 그로부터 한 달이 지나지 않아 젊은 여류 작가가 스스로 이사를 나갔다. 이사갈 때 그녀의 얼굴을 언뜻 살펴볼 기회가 있었다. 아이 같은 순수한 눈빛은 끝내 찾아보기 어려웠다.

기억을 더듬어 그 옛날 이제 막 첫사랑이 시작되었을 때를 상기해보라. 그 순수했던 나날들을 되돌아보라.

그때는 누구나 시인이 된다는 걸 지금은 이해할 수 있겠는가. 마치 아이처럼 순수하기만 했던 그날의 순간들이, 이제는 되돌아갈 수 없는 상실에 그만 아련하지 않은가….

다시금 묻겠다. 이웃집 노부부의 집에서 들려오는 방충문 여닫는 소리가 방해되어 글을 쓰지 못하겠다면, 그래서 노부부에게 욕설까지 퍼부을 정도라면 어떨 것 같은가. 과연 그 정도의 황폐한 가슴으로 역사 글쓰기를 할 수 있을 것이라 생각하는가.

설령 쓸 수 있다고 하자. 안타깝지만 그런 작가들이 실제 없는 것만도 아니다. 초심을 잃고 중도에 그만 변질되어 그 같은 부류로 전락하고 만 작가도 더러 보았다.

하지만 독자들은 대단히 영민하다. 그런 작가들이 쓴 원고를 영락없이 가려낸다. 문학의 최종 목적인 인간을 움직일 수 있는 인간애가 빠져 있다는 걸 먼저 알아차려 내는 것이다.

자기의 이익만을 따져 자신을 위한다면 문학을 단념한 채 차라리 논문을 쓰는 편이 더 나을 것 같다. 학위를 따서 세상으로 나가는 것이 자신의 목적을 성취하는데 더 빠를 수 있지 않을까 싶다.

그날 아들에게 이런 얘기를 들려주었다. 영국의 아동문학가 조앤 K. 롤링은 이혼녀의 몸으로 어린 딸의 분유값을 벌기 위해 시끌벅적한 카페의 구석진 자리에 홀로 앉아 판타지 소설 「해리포터」 시리즈를 써냈다. 러시아 작가 도스토예프스키는 온종일 날선 쇠망치 소리가 그치지 않는 대장간의 다락방에서 선과 악, 죄와 벌, 신과 악마 등과 같이, 우리 내부에 도사리고 있는 난해하기 짝이 없는 문제들을 정면으로 다룬 「카라마조프가家의 형제들」이라는 장편소설을 써냈다.

자기 자신조차 다스릴 줄 모른다면, 자신의 인성조차 갖추지 않았다면, 먼저 쓰기 전에 그 문제부터 선결한 뒤 원고 앞에 앉아야 한다. 원고 쓰기란 주위의 사소함으로부터 벗어나 몰입할 수 있을 때 열리기 시작한다. 그때 비로소 보이기 시작한다. 자유로운 영혼만이 써낼 수 있는 작업인 것이다.

다시 말하지만, 불가에서는 그 어떤 것에도 사로잡히지 않은 것을 삼매三昧라고 이른다. 진정으로 자신이 하고자 하는 일에 마음의 방향이 정해져 있을 때를 일컫는다. 비로소 다른 것일랑 모두 다 잊고서 오직 그 일에만 전력을 다해 깊이 몰입해 있는 상태를 뜻한다.

원고 작업을 하다 보면 종종 그 같은 순간을 경험할 때가 있다. 오직 원고 쓰는 일에만 빠져 일체가 되곤 한다. 마치 자신이 원고를 쓰고 있는 줄도 모르는 무아의 경지에 빠져들고는 하는 것이다.

물론 그렇지 못한 때도 빈번하다. 이번의 원고에서만은 꼭 무언가를 얻어야 하겠다거나, 어떤 알 수 없는 힘이 들어가면서 시작했을 때의 경우다.

그럴 땐 반드시 눈에 보이지 않는 벽을 넘지 못하기 일쑤이다. 스스로 초연해지지 못하는 것이다.

그럴 때면 자신도 모르는 사이 괜한 힘이 들어가 있고는 한다. 원고 작업에 괜한 힘이 들어가게 되면 그만 순수성을 잃어버리게 된다. 순수성을 잃어버리게 되면 앞서 말한 그 같은 일체감, 몰입의 경지에 결코 이르지 못하게 된다. 아무래도 신통한 원고를 얻어내기란 난망하기 마련이다.

작가라면 누구에게나 저마다 거룩한 씨앗을 갖고 있다. 다름 아닌 몰입이 그것이다. 자신만의 숨은 미지의 세계다. 그처럼 마음의 방향이 일정하게 정해질 때, 그렇듯 자신의 영혼이 내적으로 충만해져 있을 때, 비로소 주위의 사소함으로부터 자유로워진다. 비로소 자유로워진 또 다른 자신을 만날 수 있게 된다.

원고 쓰기가 장벽에 가로막혔을 때

글쓰기의 시계는 정말 거꾸로 흐르는 것 같다. 처음에는 패기만만

했었다. 그야말로 멋모르고(?) 써냈다.

하지만 시간이 흐를수록 암만해도 신중해진다. 자연 조심스러워질 수밖에 없는 것 같다. 앞으로 나가기보다는 뒤돌아보고 있는 자신을 목격할 때가 더 빈번해진다.

더욱이 글쓰기는 예나 지금이나 어렵기만 하다. 이제 막 등단한 패기만만하던 신인 시절이나, 그로부터 20여 년이 지나 수십 권에 달하는 저작을 가지게 된 지금에도 글쓰기는 여전히 막막하다. 도무지 어느 하루 글을 쉽게 써본 기억이란 없다. 아니 시시때때로 장벽에 가로막혀 속절없이 손부리만을 물어뜯고 있던 순간이 또 얼마였는지.

정말이지 글쓰기란 시간이 제아무리 흘러도 익숙해지지 않는 일상의 고통이다. 아무리 다가가도 도달할 수 없는 신기루의 성벽 같다.

더구나 첫 장편 분량의 원고를 쓸 때라면 누구나 힘들 수밖에 없는 질곡의 연속이다. 구성과 메모를 완벽하게 갖췄다 하더라도, 등장인물들이 제아무리 선명하게 만들어졌다 하더라도, 대개 얼마 지나지 않아 갈피를 잡지 못하고 우왕좌왕하는 소리가 내면에서 절로 터져 나오기 십상이다. 이야기 얼개는 제법 그럴싸하게 전개되고 있으나, 설득력의 밀도가 떨어지면서 과연 끝까지 제대로 끌고 갈 수 있을는지 모른다는 의문의 덫에 스스로 갇히기 마련이다.

그렇대도 자책하지 않았으면 싶다. 글이 쉽게 써지지 않는다고 자신의 운명이 잘못 선택됐다는 단정은 어리석은 난센스일 따름이다.

그럴 때는 잠시 원고 앞에서 비켜나는 것도 좋다. 문제를 회피하는 것이 아니라, 두 걸음 전진을 위해 잠깐 한 걸음 물러나는 셈이다.

이럴 때 누구는 팔자 좋게 배낭을 메고서 훌쩍 여행을 떠난다고 말한다. 하지만 그런 호사를 누리는 작가는 실제 많지 않다. 긴 글을 써야 하는 작가에게 글쓰기란 실존의 문제다.

한때 원고가 장벽에 가로막혀 꼼짝도 하지 않을 때면 나는 혼자서 뒷산에 오르거나, 강변으로 나가고는 했던 적이 있다. 아무 생각하지 않고 한두 시간씩 멍하니 넋을 놓고 혼자 앉았다 돌아오고는 했다. 그렇듯 머릿속을 깨끗이 비우고 나서야 새로운 돌파구를 찾고는 했다.

속 깊은 친구를 만나보는 것도 도움이 될 수 있다. 진지하면서도 밝은 에너지, 열의를 불러일으키게 하는 공감의 에너지를 가진 친구라면 더할 나위 없다.

그렇지 않은 친구라면 차라리 전화를 걸지 않는 게 낫다. 마음의 상처만 받고 돌아올 수가 있기 때문이다. 되레 글 쓰는데 독이 될 수도 있음을 잊지 않았으면 한다.

하지만 언제부터인가 뒷산이나 강변에 더 이상 나가지 않고 있다. 그런 문제로 속 깊은 친구도 찾지 않는 편이다.

원고가 막힘없이 술술 써져서가 아니다. 앞서 얘기한 대로 아직도 속절없이 손부리만을 물어뜯고 있는 순간은 여전하다.

대신 그동안 다른 방법이 부지불식간에 몸에 배어들었다. 써야 할 원고 청탁이 밀리기 시작하고, 마감 시간이 촉박해지면서, 그마저도 불가능해진 때문이다.

하기는 지금도 원고가 장벽에 가로막혀 꼼짝하지 않을 때면 곧잘 집을 나서고는 한다. 시끌벅적한 재래시장의 골목을 하릴없이 무작정 거닐어보고는 한다. 그곳에서 치열한 삶을 발견하고 직면하면서 긴 글을 써야 하는 팔자임을 다시금 순순히 받아들인다고나 할까.

요즘은 대개 그같이 정면 돌파를 택하고 있다. 잠시 원고 앞에서 비켜나 새로운 시각을 찾기보다는, 지금은 대부분 그 자리에 그대로 눌러앉아 어떻게든 장벽을 넘어가고자 애를 쓴다.

물론 이 같은 방법으로 가로막힌 원고를 누구나 당장 뚫고 나갈 수 있다고 장담하기는 어렵다. 또 작가마다 창작의 문법이 얼마든지 달라질 수 있기 때문에 반드시 이대로 따라야만 한다고 고집할 수도 없는 노릇이다. 그런 만큼 자신의 경험과 조건 속에서 자신만의 최적을 스스로 찾아가는 것이야말로 가장 좋은 방법이다.

긴 글을 써야 하는 작가의 숙명

제법 마음을 단단히 먹고 처음 착상을 한 뒤 구성할 때까지만 해도, 누구나 이야기의 얼개가 거침이 없을 것 같기 십상이다. 마구 술술 흘러나온다고 할 수 있다. 손을 뻗으면 금방이라도 이야기의 얼개가 손에 잡힐 것만 같다. 마치 독 안에 든 쥐를 바라보듯 놀랍도록 선명하기조차 하다.

그래서 마침내 책상 앞에 앉아 노트북을 열게 된다. 경건한 자세로 플롯에 따라 원고 집필을 시작한다.

그러나 장편 분량이라는 긴 글 속에 풍덩 빠져드는 순간 어느 사이 비장한 각오는 그만 흔들리게 마련이다. 얼마 쓰지도 못했건만, 잠시 긴장을 놓는 순간 이야기가 방향을 잃고 갑자기 갈피를 잡지 못한다.

마치 거기가 거기 같아 비슷해 보이지는 않은지 까닭 모를 두려움이 밀려든다. 이 대목을 마치고 나면 다시는 이만큼 마음에 드는 이야기를 또 쓰지 못할 수도 있겠다는 알지 못한 불안감에 휩싸인다. 무엇보다 써도 써내도 좀처럼 끝날 것 같지 않은 막연한 '백지 위의 공포'에서 도무지 헤어날 수가 없다.

물론 긴 글을 써야 하는 작가라면 그 같은 '낯선 경험'을 겪기 일쑤다. 장편 분량이라는 긴 글을 처음 써나갈 때면 으레 예기치 않은 불안과 낙담의 덫에 발목이 덜컥 붙잡히기 쉽다. 자신이 착상하고 구성한 이야기의 얼개 속에 스스로 압도당해 그만 옴짝달싹하지 못하고는 만다.

하지만 또 시간 속에서 용케 덫을 끊어낸다. 결국 어떤 가능성을 찾아내어 자신이 의도한 대로 장벽을 넘는다. 물론 이 같은 말은 훨씬 나중에야 입증이 되곤 하지만 말이다.

흔히 작가들은 말한다. 전생에 무슨 죄를 지었기에 이처럼 고통스러운 작업을 평생 붙들고 살아야 하는지 모르겠다고. 스스로 글 쓰는 작업을 천형天刑이라 단정 지어보곤 한다.

그렇다고 누구하고 도란도란 그런 속내를 나눠볼 문제도 아니다. 긴 글을 써보겠다는 결심을 섣불리 입 밖에 꺼냈다간 책이 출간되어 나오기 전까지는 두고두고 놀림감부터 되기 마련이다. 작가는 아주 긴 이야기를 써나가야 하는 힘겨운 고통을 혼자 외롭게 감내해나가지 않으면 안 된다.

이건 작가의 숙명이다. 외면할 수 없는 운명이다.

더구나 긴 글을 쓰기 위해서는 시간과의 싸움도 치열해진다. 장편 분량이라는 긴 글이 완성되기까지는 수많은 붓질이 필요한 만큼 시간을 남달리 지배할 필요가 있다.

고백컨대 나는 하루에 두 번의 식사만을 하고 있다. 늦은 오전 나절에 아침 겸 점심을, 늦은 오후 나절에 점심 겸 저녁 두 끼를 먹는다.

식사도 후닥닥 해치우는 편이다. 이미 습관이 된 지 오래다. 대우그룹 김우중과 작가 이문열이 식사를 하면서, 누가 빨리 먹나 내기를 했다는 우스갯소리도 딴은 그래서 흘러나온 얘기다. 사실 작가들은 먹는 것보다는 글 쓰는 걸 더 좋아해야 한다.

우습게 생각할지 몰라도, 작업실의 내 책상 밑에는 항상 큼지막한 플라스틱 우유 통이 한 개 있다. 생리현상으로 책상 앞에서 일어났다가 자칫 글의 흐름이라도 놓칠까 봐 요강처럼 대신 사용하고 있다.

유난을 떠는 것이 결코 아니다. 장편 분량이라는 긴 글을 쓰는 작가라면 정도의 차이만이 다소 있을 따름이다. 막상 써 가다 보면 얼마만큼 절실한 문제인가를 뼈저리게 느끼는 순간이 있을 줄 안다.

어떤 후배는 평소 좋아하던 커피도 입에 대지 않는다는 얘기를 들었다. 카페인으로 수면을 방해받게 되면 다음 날 글쓰기에 집중하기 어려울까 봐 그렇다고 한다.

모두가 시간으로부터 지배받지 않기 위함에서다. 참으로 남모를 몸부림이 아닐 수 없다.

원고 집필은 어느 시간이 좋을까

원고 집필은 어느 시간에 하는 것이 좋을까. 아침 시간이 좋을까, 아니면 모두가 잠이 든 깊은 한밤중이 좋을까. 당신은 지금까지 어느 시간에 원고 집필을 해왔는가.

참으로 별것을 다 걱정한다고 할는지 모르겠다. 시간이 허락하는 대로 아무 때나 쓰면 그만이지 무슨 대수냐고 반문할 수 있다.

그렇지 않다. 자칫 사소한 것처럼 들릴지 몰라도 작가에게는 결코 가벼이 넘길 수 없는 엄연한 현실이다. 역시 글쓰기를 하기에 딱 들어맞는 최적의 시간을 찾는다는 건 대단히 중요한 문제다. 제아무리 번뜩이는 영감이 떠올랐다 하더라도 자신에게 맞는 최적의 시간이 아니라면 집중하기가 쉽지 않다. 마음을 다잡기란 힘들어질 수밖에 없다. 메모는 가능하겠지만 정작 원고 집필은 거의 불가능하다고 봐야 한다. 자기 몸 안의 스위치가 작동하지 않는데 본격적인 원고 집필이 이뤄질 리 만무하다.

필자는 이 둘 다 경험을 해보았다. 등단 이후 줄곧 전업 작가로 살아오면서 나는 모두가 잠이 든 깊은 한밤중이면 어김없이 일어나 노트북 앞에 앉고는 했다. 낮 동안에는 도무지 집중이 어려워 꼬박 밤을 새워가며 원고를 쓰곤 했다. 쓰디쓴 커피를 사발째 홀짝홀짝 들이켜 가면서….

하지만 나이가 좀 들어가면서부턴 아무래도 힘에 부쳤던 것 같다. 원고 생산은 좀 더 많았을지 모르지만, 점차 몸이 따라가지 못하는 걸 느꼈다.

지천명이 되던 해 중복中伏날이었다. 광화문 한복판에서 큰대자로 쓰러지는 볼썽사나운 사고(?)가 발생하고야 말았다. 출판사 사장과 낮부터 소주잔을 곁들여 개고기를 한 접시 먹어 치우고 집으로 돌아오다 그만 광화문 지하도에서 나자빠지고 만 것이다. 의사는 당장 줄담배를 끊어야 살 수 있다고 종용했으나 내 생각은 좀 달랐다. 줄담배도 문제이긴 하였으나 십년 넘게 지속해온 밤샘 작업을 드디어 중단할 때가 온 것 같다고 보았다.

그렇게 집필 시간을 바꾸지 않으면 안 되었다. 밤샘 작업 대신 아침에 일찍 일어나 노트북 앞에 앉는, 그날 이후 지금껏 새벽에 일어나 오전에 4시간여 정도, 또 오후에 다시 두 시간 정도 집필을 하고 있다. 간혹 숨넘어가는 원고 청탁이 들어올 때면 저녁 시간까지 꼼짝없이 노트북 앞에 붙어있을 수밖엔 없지만.

이같이 하루 6시간여 집필을 마치고 나면 대개 체력과 정신이 모두 다 소진되기 마련이다. 머리가 고무풍선이 되어 천정에 둥둥 떠다니는 몽롱한 느낌마저 들 때가 많다. 실로 손가락 하나 들 힘조차 없어지곤 한다.

한데 정작 그다음 시간을 잘 보내야 한다. 그 시간 이후의 시간은 다음날 작업으로 곧바로 직결되기 때문에 그 나머지 시간이야말로 정말 허투루 보내서는 안 된다.

나는 이 손가락 하나 들 힘조차 남아 있지 않은 나머지 시간을 대개 세 파트로 나누어 쓰고 있다. 약속한 친구나 지인을 만나거나, 세상 돌아가는 이런저런 정보를 접하고, 그동안 미뤄뒀던 책을 읽거나 혹은 다음 날 집필할 부분의 사료를 분류 또는 점검하고 찾는 것으로 보낸다.

끝으로 한 가지 놓치지 않는 게 있다. 잠들기 전에 반드시 거르지 않는 일이다. 잠자리에 들어 30여 분가량 편안히 국악을 듣는다. 적어도 역사 글쓰기를 집필하는 동안에는 거의 빠짐없이 지켜가는 편이다.

별도로 음반을 구입할 필요도 없다. 인터넷에서 얼마든지 골라 자신이 선호하는 국악만을 반복적으로 들을 수 있다. '한오백년'이나 '흥타령'과 같은 유장한 민요에서부터 '수제천'이나 '종묘제례악'과 같은 장엄한 궁중음악을, '서편제'나 '천년학'과 같은 국악 영화의 OST에서부터 애잔한 해금이나 청아한 소금, 깊고 그윽한 대금이나 둔중한 여운이 좋은 거문고 소리를 높지 않은 볼륨으로 취향에 따라 골라 듣고 있다. 그러면서 이튿날 새벽을 위해 잠에 빠져들고는 한다.

흔히 보면 긴 글을 써야 하는 작가는 다음날 노트북 앞에 앉았을 때 전날에 쓴 원고를 이어 나가는 데 곤란을 겪기 십상이다. 이건 결코 구성이 단단하지 못한 것과는 별개의 문제다. 구성 이상의 영역이 분명 존재하는 셈이다.

따라서 어떤 때는 원고의 연결점을 좀처럼 찾지 못해 애를 먹고는 한다. 이야기의 얼개를 말하는 것이 아니다. 미세하게 흐르는 감정의 복선이 이어지지 않아 한참 곤란을 겪어야 하는 순간을 뜻한다.

그럴 때는 전날 작업한 원고의 마지막 부분을 되짚어 읽어가면서 이야기의 얼개나 감정의 불씨를 되찾기 마련이다. 대개 그같이 연결점을 무난히 이어가고는 한다.

그렇다고 매번 다 문제가 순순히 풀리는 건 아니다. 어떤 날은 전날 작업한 원고의 저 앞부분까지 한참 동안 되짚어 읽어야 할 때도 없지만 않다. 아니 죄다 되짚어 읽고 나서도 접점이 찾아지지 않을 때는 또 한동안 생각에 잠겨 들어 다시금 접점을 찾아나서야 하는 수고로움을 피할 수 없게 된다. 어떤 일을 하던 처음이 참 중요한데 하루의 첫 시작에서부터 영락없이 헤매게 되는 것이다.

한데 언제부터 듣기 시작했는지 알 수 없지만, 잠들기 전 30여 분 가량 국악을 들으면서부터 이 문제에서 간단히 벗어날 수 있었다. 다음 날 새벽에 눈을 떴을 때 마치 무슨 묘약이라도 먹은 듯 전날의 이야기 얼개는 물론 미세하게 흐르는 감정의 복선까지도 고스란히 가슴속에 남아 있음을 느낄 수 있었다. 새벽에 부스스 눈을 비비고 일어나 앉으면, 잿더미 속에 뒤덮여 있던 불씨가 다시금 벌겋게 일어나는 것처럼 신기하게도 전날의 모든 것이 고스란히 되살아나 곧바로 연결되는데 놀라지 않을 수 없다.

사실 잠들기 전에 국악을 듣기 이전까지만 해도 다음 날의 원고를 이어 쓰는 작업이 순탄치 못했었다. 어쩔 땐 전날 작업한 원고를 되짚어 읽는 것만으로는 어림도 없기 다반사였다. 그때는 두 번 세 번 애꿎게 화장실로 가 손을 씻어보기도 하고, 빈 찻잔의 온기가 채 식기도 전에 다시금 커피를 거푸 들이켜 가며 생각에 잠겨야만 할 때가 적지 않았다.

한데 잠들기 전에 국악을 들으면서부터 그 같은 문제가 간단히 해소되었다. 기껏 반 시간 정도의 국악 감상으로 다음 날 새벽이 가뿐해졌다. 아니 알게 모르게 고통스럽기만 하던 불면의 시간마저 줄일 수 있게 되었을 뿐만 아니라, 지친 심신조차 위로받을 수 있게 되었음도 아울러 고백하지 않을 수 없다.

작가에게 진정한 친구는 고독이다

작가는 외로운 존재다. 아무나 섞일 수 없는 자기만의 세계가 견고하다. 누구도 초대할 수 없는 정열이 다른 욕망을 살아간다. 누구와도 나눌 수 없는 혼자서 길을 나선 고행의 여행자다.

물론 작가에게도 친구가 없지는 않다. 마음 깊숙이 교류하고 있을 뿐만 아니라, 그런 친구가 없다면 금방이라도 죽을 것만 같은 작가도 더러 보았다. 또 그런 친구가 실제 도움이 되기도 한다.

하지만 그 반대일 수도 있다. 작가에게 친구란 희망이 될 수도 있겠지만, 자칫 그 반대로 절망일 수도 있다.

결국 작가에게 마지막까지 남는 친구란 고독이다. 또 스스로 마음이 내켜 글을 쓰는 작가가 되겠노라 작정했다면 아무 소리 없이 스스로 고독을 껴안을 줄 알아야 한다.

그러나 여기서의 고독이란 무리와 단절되어 홀로 있음이 아니다. 외롭고, 쓸쓸하며, 보기에 딱한 처지를 말함이 결코 아니다.

작가에게 고독이란 외로운 삶이 아니라, 혼자의 삶이다. 외롭게 살아가는 것이 아니라, 홀로 살아감이다. 외롭게 실천하는 것이 아니라, 오직 스스로의 힘으로 정진함을 뜻한다.

그렇게 보면 작가에게 고독이란 두려워할 것도, 회피할 것만도 아니다. 오히려 적극적으로 받아들여야 하는 것이다. 가까이 품어야 할 그 무엇이다.

작가도 사람인 만큼 무리 속에 살아가야 마땅하다지만, 거기서 한 발짝 정도 물러선 명상과 성찰과 사색이 있는 삶이어야 한다. 무리에서 떨어져 나와 고독한 상태에 있을 때에만 오롯이 체험할 수 있는 침묵이 있어야만 하는 것이다.

따라서 작가에게 고독은 결코 홀로 갇혀 있는 것이 아니다. 거꾸로 지금의 세계보다 더 큰 존재와의 만남을 찾아 완연히 열려 있음을 일컫는다. 항구에 정박한 선박의 깊은 멈춤이 아니라, 수평선 너머 무엇이 존재하는가를 물어 항해를 시작하는 정신 여행을 뜻한다. 등잔불을 밝히려면 기름이 있어야 하듯, 정신의 불꽃을 피워내기 위한 격렬한 몸짓이어야 하는 것이다.

진정으로 역사 글쓰기의 작가가 되고 싶은가. 그렇다면 절대 고독을 먼저 스스로 선언하라.

일단 시작하고 보자

그럼 이젠 당장 시작하고 보자. 두려워 말고 자신을 믿어라. 어깨에 힘을 빼고 마음을 비우자. 책상 앞에 앉아 무조건 시작하자.

글쓰기는 누구도 대신해줄 수 없다. 오직 나만이 한 자 한 자 써나가야 하는 미션이다. 백척간두에 선 피할 수 없는 숙명이다.

그러나 시작이 곧 반이란 말이 있다. 믿기지 않는다면 닷새만 꾹

참고서 책상 앞에 붙어 앉아 있어 보라.

원고 집필을 한다면 더욱 좋다. 단 얼마만이라도 써보도록 하자.

그렇듯 닷새가 지난 뒤 자신을 돌아보라. 그 사이 자신에게 어떤 변화가 일어났는지를 확인해보라.

원고 분량이 정말 얼마 되지 않을지도 모른다. 아니 단 한 장만이라 하더라도 전연 상관없다.

그보다는 내 안의 변화에 눈길을 돌려보라. 이제는 무언가 원고가 눈앞에 그려지는 듯하고, 손에 잡힌 듯하다. 시작이 반이란 말을 그 순간만큼 절감할 때도 딴은 또 없게 될 것이다.

절대 밖에서 찾으려 들지 말자. 답은 이미 내 안에 있다.

닷새 동안 단 한 장의 글쓰기였다 할지라도 충분했노라 자신을 격려하자. 사실 그 사이 혼자서 수없이 되뇌었을 고뇌만으로도 이미 충분한 시간이었다.

또한 그 고뇌들은 연기처럼 사라져버린 것이 아니라 이미 생각의 창고에 차곡차곡 쟁여져 있게 된다. 어느덧 이제는 첫 문을 열어도 좋을 만큼 그 같은 변화를 동력 삼아 생각의 창고 속에 쟁여져 있는 고뇌를 침착하게 한 가지씩 한 가지씩 꺼내 풀어나가면 된다.

첫 난관은 생각보다 빨리 올 수도 있다. 그렇다고 당황할 건 없다. 우선 마음을 비워라. 기다렸다는 듯이 오냐, 하고 기꺼이 받아들여라.

잠시 책상 앞에서 물러나 시공간을 다른 환경으로 가져가 보는 것도 하나의 방법일 수 있다. 평소 같으면 서너 장을 썼던 걸 하루 한 장만으로도 만족한다는 느긋한 마음부터 가질 필요가 있다.

그렇게 이틀만 버티면 결국 난관도 허물어진다. 지금껏 보이지 않던 길이 비친다. 전연 생각지도 않은 부분에서 새로운 길을 찾기 마련이다.

누구나 첫 원고는 어렵다. 처음으로 떠나는 장편 분량이라는 대장정은 누구에게나 힘겨운 법이다.

그러나 원고의 첫 장章을 어떻게 마치고 난 뒤 지난 시간을 되돌아본다면, 어느새 한 뼘가량 쑥 커져 있는 자신의 영혼을 목격할 수 있게 된다. 몸부림을 쳐가며 한 편의 작품을 모두 다 끝내고 나면 그 다음 두 번째 가는 길에선 확연히 달라져 있는 자신을 바라보게 될 것이다.

무엇보다 장편 분량이라는 그 아득한 '분량의 공포'에서 한결 자유로워진다. 갯벌에서 물새가 갯지렁이를 파먹을 때 중간에 끊어지지 않기 위해 노련하게 부리의 힘을 조절하듯이, 그 아득한 분량의 공포 속에서도 용케 자신의 모습을 찾아 나간다. 아니 그보다 더 많은 부분에서 자신감이 부쩍 붙게 됨을 실감케 된다.

그렇다. 시작이 있으면 반드시 끝도 있기 마련이다. 맨 처음 장편 분량의 집필을 할 때면 수도승과도 같은 고행의 길을 갈 수 있도록 마음이 바위 같아야 한다. 백 리를 가려면 구십 리를 절반으로 치는 고난의 여정을 기꺼이 선택할 수 있어야만 한다.

6

제6장

원고 집필 이후의 작업들

어떤 인물이나 사물에 대한 감정이 많지 않고 적을수록 그것을 실제 그대로 표현할 수 있다.

– 플로베르

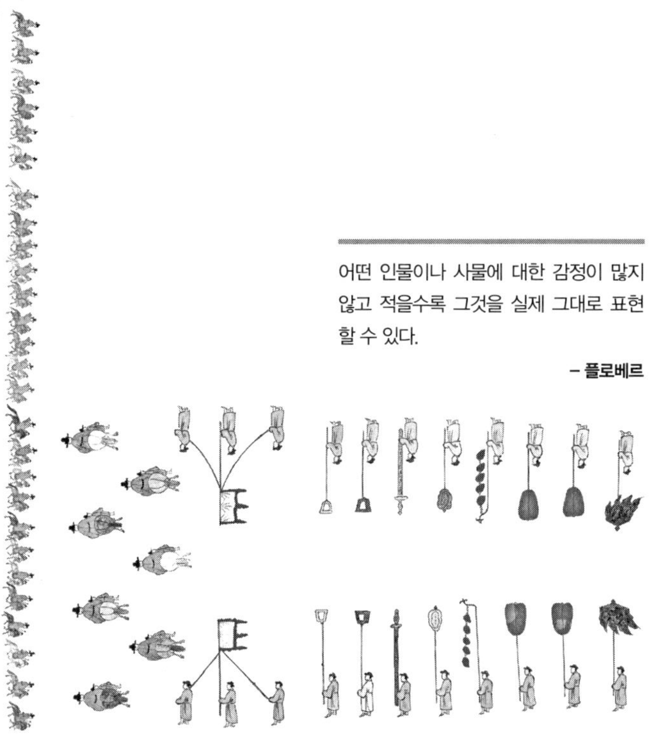

제 6 장

원고 집필 이후의 작업들

퇴고 작업은 작가의 마지막 기적이다

'이런 이야기를 한번 써보면 어떨까'로 시작되는 정서적 첫 깨달음이라는 착상에서 시작하여, 수많은 메모와 번민 끝에 이윽고 구체적인 이야기 얼개로의 구성이 끝나고, 제목이 붙여지며, 등장인물은 물론 일정한 사료까지 갖춰지게 되면, 마침내 역사 글쓰기의 집필에 들어가게 된다.

말할 나위도 없이 이때가 작가에게 바로 가장 힘든 시기라고 봐야 한다. 이 기간 동안에는 원고 작업을 잠시 미루고 휴식을 취하고 있을 적에도 깊은 피로감에서 헤어날 수 없을 뿐만 아니라, 매일 조바심치고 긴장된 나머지 손으로 만지게 되는 쇠붙이마다 정전기 현상까지 일었던 기억이 아련하다.

더구나 반드시 써보겠다는 초심의 의지는 온데간데없이 도무지 원고는 제자리걸음이기 일쑤였다. 첫 장을 써놓고 벌써 몇 번이나 뒤돌아보고 손을 보면서도 그저 망설여지기만 할 뿐, 앞으로 선뜻 나서기가 쉽지 않았다.

그러니 밤낮없이 원고에 매달리고 있음에도 작업의 진척은 더디기만 할 뿐이다. 시도 때도 없이 괜스레 짜증스럽고, 아침에 눈을 뜨면 먼저 가슴을 짓누르는 절망감부터 한사코 이겨내지 않으면 안 되었던 시기라고 볼 수 있다.

작가는 무조건 용감해야 한다. 머뭇거리지 말고 앞으로 전진할 일이다. 미진하다고 생각되는 구석이 자꾸만 되살아나 발목을 붙잡고 뒤돌아 세우게 한다더라도 일단은 언덕을 무턱대고 넘어서고 볼 일이다.

물론 원고를 써나갈 때면 누구나 다시는 고쳐 쓰지 않겠다는 비장한 결심 아래 최선을 다하게 된다. 그러나 나중에 다시 고쳐 쓴다 할지라도 그것은 아무래도 처음 시작할 때와 같이 진지하지 못할 뿐더러, 자칫 나중에 다시 고쳐 쓸 수 있다는 안이한 자세로 원고 집필에 임하게 되면 으레 김빠진 작업이 되기 십상이다.

따라서 많은 작가는 초고를 쓸 적에 이미 정면 승부를 피하지 않는다. 마지막 쓰는 원고라고 생각하면서 심혈을 기울이게 마련이다. 벌써 초고 작업에서 자신의 모든 체력을 다 소진하고 마는 것이다.

하지만 이 같은 노력에도 불구하고 작가 프랭크 이어비는 아주 단호하다. '정말 좋은 작품은 펜이 아니라 칼로 만들어진다는 것이 내 생각이다. 제아무리 탁월한 문장이라도 이야기 전개에 적절하지 않다고 생각된다면 과감히 도려내어 버릴 준비가 되어 있어야 한다'고 지적한다. 초고를 마친 탈고 작업 이후에 이어지는 퇴고 작업이라는 가혹한 칼날을 다시금 원고에 반드시 들이대야 한다고 경고하고 있다.

다시 말해 초고의 탈고만으로는 원고가 다 끝난 것이라고 볼 수 없으며, 한 번 더 퇴고 작업이 이뤄지기 전까지는 그 원고가 아직은 완성되었다고 말할 수 없다는 것이 이어비의 주장이다. 초고 탈고 이후 퇴고 작업이야말로 원고의 마지막 생명을 불어넣는 마무리 손질이라는 것이다.

그러나 말이 쉬워 그렇지. 수많은 나날에 걸쳐 초고 원고를 써오는 것만으로도 이미 체력이 동나 기진맥진해 있는데, 다시금 원고를 퇴고해야 한다니. 도대체 이건 또 얼마나 성가신 작업인가. 마라톤 풀 코스를 죽자 살자 내달려온 선수에게, 미처 한숨 돌릴 겨를도 없이 처음으로 다시 돌아가 풀 코스를 또다시 내달려오라는 잔인한 소리가 아니고 또 뭐란 말인가.

가장 완벽한 문장을 썼다고 알려진 러시아 작가 투르게네프나 체호프 같은 이들도 원고 집필(초고)이 모두 끝난 작품을 곧바로 발표한 예는 없었다고 한다. 투르게네프나 체호프 같은 문호들도 한동안 책상 서랍 속에 초고 원고를 넣어두고 몇 번이나 퇴고 작업을 거듭했던 건, 또한 미국을 대표하는 헤밍웨이는 작가로서 이미 명성이 높았음에도 「노인과 바다」를 쓴 뒤에도 무려 2백 번이나 넘게 읽고 고쳐 쓰기를 반복했다는 건 곧 자신의 문장에 속지 않기 위해서였다.

하기는 어떤 작가라도 자신의 초고 원고만으로 완전한 문장을 구사했다고 말하기란 어려운 문제다. 아무래도 단순히 탈고만으로 끝나고 만 초고보다는, 한 차례 더 퇴고를 거친 원고가 조금 더 나을 수밖에 없다는 건 누구도 부인할 수 없는 사실이다. 몇 번이고 갈고 다듬으면 다듬을수록 보다 광채가 나는 것이 문장의 속성이라고 한다면, 조금은 번거로운 일이 될지라도 타인의 것인 양 객관적으로 바라볼 수 있는 퇴고 작업의 수고를 결코 외면해서는 안 될 일이다.

나중에 활자화되어 세상에 나온 자기 원고를 보고서야 뒤늦게 아쉬워하거나 후회하지 않기 위해서라도 퇴고 작업이 뒤따르는 건 당연한 수순이다. 퇴고 작업이라는 과정을 한 번 더 거치면서 그만 실수를 했거나 불필요하게 나열된 부분, 미처 살피지 못했거나 단단치 못한 부분이 눈에 띈다 싶으면 과감히 칼끝을 들이대야 한다. 마지막으로 문장이 가져야 할 3대 덕목인 지성, 감성, 영성 부분은 또 충실한지 마땅히 눈씨를 키워야 할 일이다.

좋은 원고는 펜이 아니라 칼날로 만들어진다는 이어비의 주장과도 같이, 퇴고 작업이라는 저력을 보여줄 때만이 비로소 완성도 높은 역사 글쓰기를 기대할 수 있다. 정말 퇴고 작업은 누구도 강요하지 않은 작가 스스로 선택하고 지켜야 할 자존심이다. 작가에게 있어 마지막 순간에 이뤄지는 마지막 기적과도 같은 마술이라고 말할 수 있다.

그렇다면 퇴고 작업은 과연 언제 이뤄져야 바람직하다고 말할 수 있을까.

흔히 퇴고 작업은 초고가 끝난 다음 다소 시간이 경과한 뒤에 하는 것이 좋다고 말한다. 선배 작가들의 충언인 만큼 그렇다고 믿어본다. 다만 원고를 써오는 동안 알게 모르게 자신에게 심취해 있기 마련인 주관적인 작가적 의식이 다시금 객관적인 의식 상태로 되돌아올 수 있는 시간, 그러니까 시일과 상관없이 자기 합리나 두둔보다는 완전히 타인과 같은 냉철한 시선을 가질 때라고 볼 수 있다.

악성 바이러스에 관한 닷새 동안의 추억

생각해보길 바란다. 작가가 어떤 역사 글쓰기를 집필하기 위한 정서적 첫 깨달음이라는 착상부터 시작해서, 힘겨운 노정 끝에 마침내 탈고 이후 퇴고 작업까지 붓질을 모두 다 마쳤다면 작가의 역할을 다 한 셈이 된다. 이제는 장편이라는 그 아득한 분량의 공포에서 벗어나 조금은 휴식을 가져도 누가 무어라 하지 않는다.

그때 필자는 출판사로부터 청탁받은 「정조 리더십」의 원고 퇴고 작업을 겨우 몇 달 만에야 끝낸 뒤 잠시 한숨을 돌리고 있었다. 주말이라서 출판사에는 미처 원고도 보내기 이전이었는데, 때마침 친구 윤문원 작가에게서 전화 연락이 왔다.

자신이 출연한 'TV, 도서관에 가다' 프로가 곧 방영된다고 했다. 시계를 보니 10여 분이나 남았을까. 책상에 그대로 눌러앉아 노트북을 인터넷으로 연결하여 친구가 출연한 프로를 모두 시청했다.

방송이 끝난 뒤 윤 작가와 아주 잠깐 통화를 했다. 그런 뒤 다시금 커피를 한 잔 끓여 마시며 책상에 내처 앉았다. 아무래도 개운치 않은 맨 끄트머리께 문장을 한 번 더 손볼 작정이었다.

한데 노트북 화면에 알 수 없는 요상한 그림이 떠올랐다. 문제의 악성 바이러스였다. 지난 몇 달여 동안 힘겹게 써온 「정조 리더십」의 원고는 물론이고, 평생 써온 원고의 데이터베이스마저 한순간에 몽땅 연기처럼 날아가 버린 것이다.

믿기지 않는 비현실 같았다. 그 많은 날과 시간 가운데 하필이면 이제 막 원고의 퇴고를 끝낸 그 시각이라니.

더욱이 인터넷이나 이메일이라면 그동안 누구보다 철저히 관리해온 탓에, 내가 사용하는 노트북에 바이러스 침투란 결코 있을 수 없다고 믿어왔다. 바이러스 문제로 온통 세상이 시끄러울 적에도 내 노트북만큼은 단연 무풍지대였다. 실제로 역사 글쓰기를 해온 지난 20여 년 동안 단 한 번도 바이러스에 골탕 먹은 일이란 없었다.

그러나 이를 어찌한단 말인가. 바로 그 설마가 내 노트북을 끝내 잡아먹고 말았으니.

컴퓨터에 밝다는 아들 녀석도 그만 고갤 가로 저었다. 여기저기 전화를 해보았으나 별도리가 없었다.

끝내 바이러스 전문 업체에 도움을 요청해야 했다. 기술자가 득달같이 달려와 노트북을 가지고 갔다. 복구가 가능할는지 다음날 연락을 주마고 했다. 다행히 복구가 가능할 것 같다는 연락이 다음 날 전해졌다.

한데 비용이 만만찮아 입이 떡 벌어졌다. 수백만 원에서 천만 원대가 넘을 수도 있다는 얘기였다.

결국 아들이 성남시까지 달려가 다른 업체를 찾아갔다. 노트북의 전체 내용이 아닌, 단지 80여 권의 원고가 저장된 워드 프로세서 가운데 일부분만 복구가 가능하다는 얘기였다.

복구 기간도 주말과 휴일이 끼어 닷새나 걸렸다. 물론 마지막 순간까지도 100% 복구를 장담할 수 없다는 업체의 으름장을 감수하지 않으면 안 되었다.

돌아보면 역사 글쓰기를 집필해온 지난 20여 년 동안 내 책상 위에는 타자기에서 전동타자기로, 286 깡통노트북에서 지금의 초경량 노트북에 이르기까지 어느 하루 자리를 지키지 않은 날이 없었다.

한데 노트북을 가져간 그 며칠 동안 하릴없이 텅 빈 책상만을 속절없이 바라보아야 했던 그때의 허탈함과 간절함이란 이루 다 말할 수 없었다. 자식 잃은 애비의 심정이 꼭 그 같은 것이런가. 무엇보다 나를 처참하게 내몰았던 건 100% 복구를 장담하지 못한다는 업체의 자신 없는 전화 목소리였다.

때문에 그 닷새 동안 내 속은 그야말로 시커멓게 타들어 갔다. 입술이 모두 부르트는 바람에 쩍쩍 갈라졌다. 잠자리에 들 때면 부르튼 입술에 참기름을 발라야 했을 정도였다. 정말이지 '아이구, 하느님 제발 살려주십시오' 하는 소리가 절로 입 밖으로 새어 나왔다.

이윽고 늪에 빠진 인고의 시간 끝에 아들로부터 소식이 날아들었다. 워드 부분 복구가 거의 완료되었다는 반가운 전화였다.

다음 날 친구 정병헌 교수를 만나자마자 넋두리부터 늘어놓았다. 정말로 금방 죽을 뻔했다고.

정 교수의 대꾸가 재미있었다. 뭐든 배우는 데는 꼭 그만한 수업료를 내는 게 당연하지 않겠느냐 했다.

그렇다. 참으로 뼈저린 대가를 톡톡히 치른 셈이다.

하지만 이런 뼈저린 대가는 나 혼자만으로 이미 충분하다. 힘겨운 원고 작업을 해야 하는 작가들에게 이제 더는 이 같은 불행이 또 없어야 한다.

노트북이 복구되어 집으로 돌아오던 날, 아들이 서재에 들어와 앉았다. 앞으로 노트북의 바이러스 대처를 어떻게 할 것인지 내게 물었다.

나는 아들에게 다짐했다. 순전히 방심한 내 탓이다. 앞으로는 주말마다 유에스비에 워드작업을 저장토록 반드시 습관화할 것이다. 설령 바이러스가 침투하여 데이터베이스를 몽땅 망가뜨려 놓는다 하더라도 그 일주일 분만 잃을 거다. 그 정도는 얼마든지 이겨낼 수 있을 테니까.

어떤가. 마땅히 그래야 하지 않겠는가. 긴 글을 써야 하는 작가라면 주말마다 유에스비에 자신의 워드 작업을 저장하는 습관을 마땅히 육화시켜야 하질 않겠는가.

출판사 원고 투고의 숨바꼭질

장편 분량의 원고를 모두 다 집필하고 난 뒤 탈고에 이어 퇴고까지 하고 나면, 작가들은 마치 인생을 다 살아버린 것만 같다고 말한다. 그만큼 힘겨웠단 얘기다.

그처럼 힘겨운 탈고 퇴고 작업까지 모두 다 마쳤다면, 이제는 자신의 원고를 마땅히 세상에 선보여야 한다. 마침내 두근거리는 출간의 순서다.

출간하기 위해서는 원고를 출판사에 넘겨야 한다. 다행히 알고 지내는 출판사가 있거나 하면 문제가 수월하게 풀릴 수도 있다.

하지만 대부분 그렇지 못한 게 현실이다. 언제부터 그렇게 되었는지는 분명치 않으나, 전혀 일면식도 없는 출판사의 '원고 투고'라는 온라인 창구를 통할 수밖엔 없게 되었다. 더구나 출판사로부터 '출간하기로 결정했다'는 기분 좋은 연락보다는 '다음 기회'라는 거절 통보를 더 많이 받게 된다.

여기에 딱 어울리는 작가가 미국의 스테판 킹이다. 지금은 세계적인 작가의 반열에 우뚝 서 있지만, 이 작가만큼 출판사로부터 '다음 기회'라는 통보를 많이 받았던 작가도 또 없다. 그는 12살 때부터 소설을 쓰기 시작하면서 출판사에 끊임없이 원고를 투고했지만, 출간을 해주겠다는 출판사는 그가 30대가 되도록 단 한 군데도 나타나지 않았다.

판타지 소설 「해리포터」시리즈로 일약 세계적인 명성을 얻게 된 영국 작가 조앤 K. 롤링 역시 다르지 않았다. 그녀는 결혼한 지 3년도 채 되지 못해 이혼하게 된다. 이혼과 함께 빈곤한 시기를 겪게 된 그녀는, 곁에 잠들어 있는 어린 딸의 분유값을 벌기 위해 시끌벅적한 카페의 구석진 자리에 홀로 앉아 첫 번째 소설 「해리포터와 마법사의 돌」을 써 내려갔다.

마침내 「해리포터와 마법사의 돌」을 완성한 그녀는, 8만 단어에 이르는 방대한 분량의 원고를 복사할 비용조차 없었다. 가까스로 구식 타자기를 빌려 일일이 타이핑해서 몇몇 출판사에 원고를 투고했다.

하지만 어떤 출판사도 그녀의 원고를 출간해주지 않았다. 돌아온 대답은 번번이 예의 '다음 기회'라는 거절 통보뿐이었다.

그러다 어느 날 출간을 하려면 에이전시의 도움을 받아야 한다는 사실을 뒤늦게 알게 되었다. 주소록을 뒤져서 에이전트 두 명에게 각각 원고를 보냈다.

그리고 마침내 한 에이전트에게서 출간 계약을 하고 싶다는 답장을 받는다. 에이전트의 노력으로 블룸스베리라는 출판사에서 고작 2천 달러를 받고 출간 계약을 할 수 있게 되었다. 지금까지 67개 언어로 번역되어 4억 5천만 부 이상 팔린 그녀의 소설이 가까스로 빛을 보게 된 것이다.

430만 부가 팔려나갔다는 「연탄길」의 이철환 작가 또한 예외가 아니었다. 그는 「연탄길」 원고를 처음 써 출판사에 보내고 난 뒤 1주일 만에 책을 내자고 연락이 올 것을 믿어 의심치 않았다고 한다. 그만큼 자기 원고에 자신만만했다.

그러나 첫 번째 출판사에선 원고를 본 척도 하지 않았다. 두 번째 출판사에서도 거절당했을 때 짐짓 그들이 무식해서 보석을 알아보지 못하는 것이라고 생각했다. 하지만 다섯 번째 출판사에서도 역시 거절당하자 그만 할 말이 없었다.

결국 그는 출판사를 찾아갔다. 자기 원고에 어떤 문제가 있는지 물었다. 문전박대를 당하기까지 하면서 자기 원고에 대한 비판의 소리를 듣는 게 치욕스럽기조차 했다.

하지만 진심 어린 비판과 아픔을 통해서만 깨달을 수 있다는 생각에서 진심으로 문제점에 대해 물었다고 한다. 그런 과정에서 원고를 다시 고쳐 쓰고, 그림도 더 그려 넣고 해서, 6번째 출판사에서 비로소 「연탄길」을 출간할 수 있었다. 출판사와의 원고 투고 숨바꼭질을 마침내 끝낼 수 있었던 것이다.

외면의 목표와 내면의 목표

드디어 기나긴 얘기도 마칠 때가 된 것 같다. 출판사에 원고를 투고하는 저간의 사정까지 털어놓고 보니 이제 더는 할 얘기란 없는 것 같다. 다만 미처 마무리 짓지 못한 얘기가 있어 마저 한 뒤 마치고자 한다.

이 책의 프로필에서 밝히고 있는 것처럼 필자는 등단한 지 벌써 20여 년도 넘어 오래 되었다. 그동안 전업 작가로 역사 글쓰기를 부단히 해왔다. 문단의 친구들 또한 적지 않다.

한데 작가라는 결코 흔치 않은, 운명처럼 선택할 수밖에 없었던 일상에서 자신을 지키고 또한 키워나가려 한다면, 당장 다음 두 가지 과제에 당면하지 않으면 안 되었다. 남다른 독창성과 함께 앞서 얘기한 것처럼 출판사로부터 '출간을 하기로 결정했다'는 기분 좋은 연락보다는 '다음 기회'라는 거절 통보를 심심찮게 받게 된다는 게 곧 그것이었다.

이중 첫 번째 과제는 그만 건너뛰기로 하겠다. 이미 충분히 설명되었기 때문이다.

한데 두 번째 과제는 조금 뜻밖일 수도 있겠다. 문단에 등단한 지 오래된 작가의 원고라면 출간이 금방 되는 줄 알고 있었을는지도 모르겠다.

물론 오래전부터 알고 지내는 출판사도 더러 있기는 하다. 더구나 한때 좋은 시절이 없지만도 않았다. 지금과는 반대로 출판사에서 되레 작가의 원고 받기가 어렵다고 아우성치던 때가 분명 있긴 있었다.

하지만 그것도 다 외환위기(1997) 이전의 이야기다. 지금은 작가가 출판사의 시장논리조차 검증받지 않으면 안 된다. 따라서 출판사로부터 '출간을 하기로 결정했다'는 기분 좋은 연락보다는, '다음 기회'라는 거절 통보를 받게 되는 경우가 다반사이다.

때문에 작가라면 거의 예외 없이 출판사에서 걸려 오게 마련인 거절 통보에 나름대로 대처하지 않으면 안 되는 문법을 지니고 있어야 한다. 더구나 대부분의 작가들은 두 가지 당면 과제 중 나중 것을 더 힘들게 느낀다는 점이다.

그렇다면 출판사의 거절 통보에 나름대로 대처해야 하는 필자의 문법이란 대체 어떤 것일까. 아니 작가라면 거의 예외 없이 누구나 마찬가지가 아닐까 싶다.

그건 다른 게 아니다. 목표를 바꾸는 것이다.

바깥으로부터가 아닌, 안으로 내면화하는 거다. 작가 자신이 선택할 수 없는 자기 바깥의 외적인 역량, 다시 말해 출판사로부터 출간하기로 결정했다는 외면적인 목표에 맞춰 설정해서는 결코 안 된다는 얘기다.

그보다는 원고를 집필하면서 자기 자신이 얼마나 많은 날을 고뇌하고 몸부림쳤는지. 출판사의 거절 통보에도 의지를 굽히지 않고 또 다른 출판사에 원고를 선보여야 할 것인지 하는, 자기 내면의 목표에 가치를 더 부여하지 않으면 안 된다는 점이다.

쉬운 예를 한 가지 더 들어보기로 하겠다. 가까운 친구들과 당구 게임에서 자신이 이겼거나, 혹은 졌다고 가정해보자. 아니 자신이 좋아하는 프로야구 특정 팀의 관전도 전혀 다르지 않다.

그 같은 게임의 결과는 자신이 완전히 선택할 수 있는 목표의 대상이 결코 될 수 없다. 자신이 가진 역량이 제아무리 뛰어나다 하더라도, 게임이란 이길 수도 혹은 실수를 범해 그만 놓칠 수도 있다.

따라서 자신이 어떤 게임을 하면서 세우는 목표는 반드시 게임을 이기는 외면적인 목표가 아닌, 게임에서 이기기 위해 최선을 다하는 내면적인 것이어야 한다. 자신이 완전히 선택할 수 있는 자기 내면의 목표에 두는 것이다.

이 같은 목표를 설정하고 관전한다면 그만 아슬아슬하게 게임을 놓쳐 설령 패하는 일이 있더라도 결코 낙심하거나 실망하는 법이란 없다. 오직 이기는 데에만 목표를 삼은 것이 아니기 때문에, 승리를 위해 최선을 다했다면 자신의 목표에 결코 패배한 것이 아니다.

따라서 마음을 다치는 일이란 절대 발생하지 않는다. 작가인 내가 출판사로부터 심심찮게 거절 통보를 받아도 나름대로 대처할 수 있는 문법, 곧 외면적인 목표보다는 내면적인 목표에 더 집중하고 있기 때문인 것처럼 말이다.

그렇다. 이처럼 외면적인 목표보다는 내면적인 목표, 다시 말해 자기 안의 의지에 철저히 바탕을 두고 가치를 더 부여하는 것이다.

그럴 때 비로소 자신만의 목표에 훨씬 더 몰입할 수 있게 된다. 몰입할 수 있게 되면 결과적으로 외면(출판사)의 목표, 곧 좋은 작품이라는 궁극의 결과까지도 얻어낼 수가 있게 된다는 얘기다.

생애 처음으로 역사 글쓰기의 원고를 탈고, 퇴고까지 마쳤다면 반드시 이 점을 잊지 말길 바란다. 드디어 출간을 목전에 둔 조바심치는 순간이라면 부디 이 대목을 한 번쯤 숙고하길 바란다.

역사 글쓰기 작가의 재질은 그 꽃을 더 늦게 피워 만개한다

간혹 역사소설이나 역사평설, 인물평전을 쓰고자 하는 예비 작가에게 묻곤 한다. 과연 앞으로 무엇을 하면서 살아갈 것인가. 그러면 대개 이같이 대답하기 일쑤다.

"글쎄요, 아마도 역사소설-역사평설 혹은 인물평전-을 쓰면서 살아가게 되겠죠."

그렇다면 '글쎄요'를 지금 당장 빼 버리길 바란다. 아니면 역사소설이나 역사평설, 인물평전 쓰기를 단념하든가.

굳이 역사소설이나 역사평설, 인물평전을 쓰고자 한다면 배수진을 치지 않으면 안 된다. 더 이상 물러설 수 없도록 강물을 등진 채 자기 앞의 상황과 정면으로 맞닥트려야 한다. 그 같은 소명 의식이 없다면 자기 앞에 직면한 상황을 결코 헤쳐 나가기 어렵다.

프랑스 작가 빅토르 위고는 어렸을 때 '작가가 되거나 아니면 아무것도 되기 싫다'고 했다. 그렇다. 작가로 태어난 이는 분명 무엇인가 할 말이 있기 마련이다. 그 때문에 글을 쓰는 것이고, 또한 글을 쓰는 것 말고는 마땅히 또 다른 길이 없어야 한다.

정말 흰 종이로 엮어진 책에 운명처럼 자신이 깊숙이 빠져들었다고 한다면, 글을 한 자 한 자 다듬어가며 머릿속에 떠오른 생각들을 세상에 내놓기 위해 그 어떤 희생도 마다하지 않겠노라 결심했다면, 만일 더할 나위 없는 문장으로 역사 속의 인물이나 사건을 명확히 그려내어 남모를 어떤 성취감을 이루고자 하는 이라면, 아니 그 같은 길을 애써 가고자 마음을 굳혔다는 이라면, 정녕 그 같은 자라면 이제 글쓰기에 뛰어들어도 좋다. 역사소설이나 역사평설, 인물평전 작가의 길을 선택하는 데 굳이 주저할 필요란 없다.

하지만 잊지 말길 바란다. 역사소설이나 역사평설, 인물평전을 쓰고자 한다면 길이 없는 광야를 홀로 매일 같이 순례하는 고독한 수도사와도 같아야 함을. 다른 또 어떤 직업을 가진 이보다 자기 앞에 힘겨운 작업이 더 많이 기다리고 있음을 깨달은 뒤 그 길을 떠나야 한다는 것을.

잘 다듬어져 나온 완성된 역사소설이나 역사평설, 인물평전을 보고서 많은 이들은 그저 하나의 자연스러운 현상쯤으로 여긴다. 한 편의 역사소설이나 역사평설, 인물평전이 태어나기까지 믿을 수 없을 만큼의 수많은 손질과 노력이 있었음을 망각하기 쉽다.

필자는 아주 우연한 기회에 위대한 작품의 육필 원고를 직접 볼 기회가 있었다. 이청준의 작품 가운데서도 가장 완벽하다는 평을 받는 중편소설 「매잡이」의 육필 원고였다. 대한민국 문화예술상(1969)이라는 가장 권위 있는 문학상을 수상하여 작품에 대한 평가가 진즉에 끝났음에도, 그는 아직 완성되지 않았다고 여긴 모양 같았다. 이미 발표한 원고 위에 다시금 검정 볼펜으로, 청색 혹은 붉은 볼펜으로 두 번 세 번 수정해 놓았음을 보았다.

조정래의 대하소설 「태백산맥」의 육필 또한 다르지 않았다. 이미 써진 원고 위에 삭제된 부분과 가필된 부분이 수정까지 더해져 그야말로 원고지 위에 덕지덕지했다. 작가의 고뇌와 불면의 시간이, 인내와 질곡의 산고가 과연 어떠했는가를 보여주는 흔적 같았다.

물론 신들린 듯 하룻밤 사이에 원고지 100장을 써 내려간 작가도 얼마든지 찾아볼 수 있다. 작가들이 가장 좋아한다는 최인호의 단편소설 「술꾼」만 해도 그렇다. 아내가 잠든 곁에서 단숨에 써 내려갔다는 얘기는 너무도 유명하다.

하지만 신들린 듯 단숨에 써 내려간 초고는 제아무리 열띤 문장이라 할지라도 으레 다시금 다듬고 손질해야 한다. 작가에게 창작이란 결코 순탄할 수 없는 길이다. 새로운 원고 작업에 들어가기도 전인데 벌써 제목 선정을 두고 씨름하다 보면 힘이 쑥 빠져버린 경우도 흔하다. 밤새워 쓴 원고가 꽤 괜찮다 싶었는데, 이튿날 일어나 읽어보니 형편없는 졸작인 경우도 흔히 경험하곤 하는 일이다.

그렇더라도 이왕 역사소설이나 역사평설, 인물평전 작가의 길로 발걸음을 들여놓기로 다짐하였다면 결코 희망을 잃지 말기를 바란다. 나태와 허영은 끊임없이 경계하되 희망의 불씨만은 끝까지 지켜 나가기를 바란다.

아울러 자신의 원고를 타인의 원고처럼 멀리서 바라보고 읽을 수 있어야 한다. 필요하다면 냉정한 비판의 눈씨도 키울 줄 알아야 한다. 자칫 위험한 함정일 수 있겠지만, 자기 원고의 아름다운 점 또한 느낄 수도 있어야만 한다.

이 같은 주의력을 갖추려면 오직 한 가지 길밖에는 없다. 대가들의 원고를 주의 깊게 읽는 방법밖엔 딴은 또 없다. 최인호의 「商道」나 김주영의 「객주」를 읽고 나면, 자신이 쓴 역사소설을 비로소 겸손하고 희망 섞인 눈길로 그들의 작품과 견주어 바라볼 수 있게 될 것이다. 황석영의 「장길산」이나 최명희의 「혼불」을 읽고 나면, 자신이 쓴 작품에 대해 보다 엄격해질 수 있을 것이다. 아니 대가들의 작품을 한 번 더 깊이 들여다볼 수만 있다면, 자신이 쓴 작품에 대해 분명 냉정한 판단을 내릴 수 있게 될 것으로 믿어진다.

흔히 작가들은 대가를 깊이 들여다보고 모방하면서 많은 것을 배웠다고 고백한다. 필자 역시 예외가 아니었다. 앞서 예를 든 황석영이나 최인호, 조정래나 최명희의 작품을 보면서 실로 많은 걸 배우고 또한 깨달았던 게 사실이다.

하기는 누구라도 대가의 작품을 통해서 무언가를 느끼고 생각한 것이 있다면 곧 그만큼 자신의 수준이 높아진 것이 아니겠는가. 예컨대 황석영의 작품에선 걸쭉하게 풀어나가는 도입부의 문법을, 최인호에게선 등장인물을 실감나게 서술해 나가는 방법을, 또한 조정래에게선 열정적인 오만을 배우고 깨닫게 되었다면 어떻겠는가. 적어도 지금까지와는 다른 지평을 바라볼 수 있잖겠는가.

그러나 애써 대가를 모방하거나 따라가라고 권하고 싶지는 않다. 만약 자신이 생각하기에 어느 정도 작가적 재질을 갖췄다고 판단되면 굳이 대가들을 따라갈 필요란 없다고 일러두고 싶다.

그렇다. 자신의 원고에 냉정한 비판의 잣대를 들이대는 건 굳이 상관치 않겠다. 그렇다고 자신의 원고를 멸시하는 일이 있어서도 안 된다. 자신이 완성한 원고를 다시금 읽어보고 이쯤 되면 부끄럽지 않다는 생각이 들 때, 그땐 남들이 무어라 하든 자신을 가져야 한다. 세상에는 생각보다 정직하고 관대한 눈길도 많다. 설령 그렇지 않은 비판이 있다 하더라도 기꺼이 받아들이면 그만이다.

다만 여기서 잊지 말아야 할 것이 있다. 그 같은 대가들 역시 그 정도 수준의 원고를 쓸 수 있게 될 때까지는 남모를 진창 속을 홀로 걸어야 했던 사실들을 말이다.

먹기 좋은 과일은 으레 열매 맺는 속도가 느린 법이다. 딱 집어 무어라고 말할 순 없어도 역사소설이나 역사평설, 인물평전 작가의 재질 또한 비교적 늦게 피어나는 편이다. 조금 더 늦게 꽃을 피우기 시작하여 마침내 만개한다.

계절로 말한다면 여름의 열정도 다 지나간 뒤 가을에 피어나는 꽃이라고나 할까. 역사의 상거를 그려내려면 암만해도 그만한 삶은 살아봐야 하기 때문이런가.

아무렇든 역사소설이나 역사평설, 인물평전을 쓰고자 하는 이라면 우선 풍부한 인생을 권하고 싶다. 보다 다양한 인간군상을 두루 만날 수 있기를 요청한다. 훗날이라도 역사소설이나 역사평설, 인물평전을 써보고자 하는 이라면 앞서 다른 직업을 가져보는 것도 절대 손해 볼 일은 없다.

역사소설이나 역사평설, 인물평전의 작가에게 경험이란 아주 소중한 밑돌이 된다. 조정래는 승려였던 아버지가 역사의 격동기에 휩쓸려 고통받는 모습을 곁에서 지켜보았다. 황석영은 어린 시절 어렵게 자라면서 밑바닥의 인생을 깊숙이 목격했으며, 신문기자였던 선우휘와 이병주는 독재정권에 의해 옥살이를 해야 했다. 그 같은 불행이 비록 육체적으로는 힘든 고통이긴 하였으나, 정신적으로는 오히려 든든한 밑천이 될 수 있었다. 개인적으론 불행한 시간이었겠지만, 작가로서는 더할 나위 없는 자산이 될 수 있었던 것이다.

작가는 서재에 혼자 앉아 고요한 가운데 원고를 쓴다. 작가는 고독과 인내를 끌어안지 않으면 안 된다.

더구나 작가에게는 쥐뿔만한 영광도 쉽게 찾아오지 않는다. 설령 찾아온다 할지라도 그것은 변덕스럽고 여간 거만하기 이를 데 없는 것이다.

간혹 처음 출간된 역사소설이나 역사평설, 인물평전에서부터 성공을 거두는 작가도 더러 있기는 하다. 그에 반해 아주 오랜 세월 각고의 인내 끝에 가까스로 재능을 인정받는 작가도 다수 보아왔다.

그러나 분명한 건 천재가, 아니 천재만큼의 노력이 미처 알려지지 않은 채 사라져가는 일이란 거의 없다는 사실이다. 그런 작가를 용케 발굴해내어 찾는 출판사, 편집자, 독자들은 너무도 많다. 재능이 있거나 노력을 다한 작가가 오랫동안 빛을 보지 못한다는 것은 또 다른 기적이 아닐 수 없다.

거듭 말한다. 어떤 누가 될지라도 자신의 원고가 정녕 가치가 있다면 반드시 출간된다. 또 영상으로까지 옮겨져 모두가 주목하게 된다.

문제는 그 같은 좁은 통로를 어떻게 건너가 거기까지 도달하느냐이다. 때로는 이런저런 문학상도 잠시 잠깐 명성을 안겨주고는 한다. 하지만 그것만으로 곧 모든 문제가 해결되지는 않는다. 어림 반 푼도 없는 일이다.

마지막으로 자신만의 스타일을 돌아보고 구축해나가자. 자기 나름의 스타일을 고민했으면 하고 희망한다.

황석영의 경우 삼십대 초반에 대하소설 「장길산」을 한국일보에 연재하면서 아직 누구도 가지 않은 길을 걸었다. 문화의 중심인 서울을 과감히 버린 채 전라도의 땅끝마을로 낙향했다. 민주화 투쟁 시기에는 억압과 싸우다 체포와 기나긴 옥살이도 마다하지 않았다. 서슬 퍼런 독재정권 앞에서도 언제나 맨 앞쪽에 이름을 적바림하던 투사였다. 그의 이 같은 정치적 태도는 웅장한 대작만이 아니라 온몸으로 시대를 헤쳐 오면서 스스로 구축한 독보적 명성이다.

조정래는 살기마저 감도는 독재정권 아래에서도 굴하지 아니하고 10년여에 걸쳐 「태백산맥」을 기필코 써냈다. 모두가 두려워 잔뜩 주눅이 들어있던 예민한 이념 문제를 정면으로 돌파해내면서 누구도 넘볼 수 없는 아성을 쌓아 올렸다.

그밖에도 자기만의 스타일을 닦은 작가들은 많다. 조금은 괴이하거나 인상적인 생활방식 때문에, 오직 대하소설 한 작품만을 남긴 채 젊은 나이에 그만 홀연히 요절하고 말면서, 혹은 스스로 신비롭거나 신비롭게 만들기가, 그도 아니면 소셜 네트워크를 통한 톡톡 튀는 발언 등으로 자신만의 스타일을 구축시켜나간다.

스타일이란 이렇듯 작가의 이름 위에 붙는 또 다른 이름이다. 기질의 발톱 같은 것이다.

지극히 평범한 민초들의 말과 행동을 구체적인 실례로 들어가며 표현하고 있는 황석영이나 최인호는, 조정래나 최명희는 왜 그 같은 문장과 표현을 갖게 되었을까. 그들만의 문장과 표현을 갖게 되었는지를 스스로 되새겨볼 일이다.

물론 개성이 없다면 스타일도 없다. 자신의 목소리나 몸짓이 따로 없는데 스타일이 만들어질 까닭이란 없다.

만일 내게 어떤 문학상과 자기만의 개성 가운데 어느 것을 갖겠느냐고 묻는다면, 단연 후자를 택할 것이다. 개성은 곧 자신만의 지평을 열어갈 수 있는 유일한 동력이기 때문이다.

다행히 작가라면 누구나 어느 정도의 개성은 갖고 있기 마련이다. 태어날 때부터 갖게 되는 지문과도 같이, 고요한 서재에 혼자 앉아 글을 쓰듯 누구나 갖게 되는 자기만의 세계가 존재한다.

더욱이 작가란 어떤 사물에 시선을 주면 줄수록, 또한 구체적인 어휘를 구사하면 할수록, 자신만의 스타일을 갖게 될 가능성이 짙어진다. 겉치레의 단조로움이나 반짝거리기만 하는 이미지에 파묻히지 않겠노라 애써 다짐한다면 말이다.

부디 역사소설이나 역사평설, 인물평전의 작가가 되고자 하는 그대의 건필을 빈다.